TRISTES FINAIS
PARA COMEÇOS INFELIZES

Raul Otuzi

TRISTES FINAIS
PARA COMEÇOS INFELIZES

TALENTOS DA LITERATURA BRASILEIRA

novo século®

São Paulo, 2015

Tristes finais para começos infelizes
Copyright © 2015 by Raul Otuzi
Copyright © 2015 by Novo Século Editora Ltda.

GERENTE EDITORIAL Lindsay Gois	**GERENTE DE AQUISIÇÕES** Renata de Mello do Vale
EDITORIAL João Paulo Putini Nair Ferraz Rebeca Lacerda Vitor Donofrio	**ASSISTENTE DE AQUISIÇÕES** Acácio Alves **AUXILIAR DE PRODUÇÃO** Luís Pereira
PREPARAÇÃO Larissa Caldin	**REVISÃO** Samuel Vidilli
DIAGRAMAÇÃO Equipe Novo Século	**CAPA** Débora Bianchi

Texto de acordo com as normas do Novo Acordo Ortográfico da Língua Portuguesa (1990), em vigor desde 1º de janeiro de 2009.

Dados Internacionais de Catalogação na Publicação (CIP)
(Câmara Brasileira do Livro, SP, Brasil)

Otuzi, Raul
Tristes finais para começos infelizes
Raul Otuzi
Barueri, SP: Novo Século Editora, 2015.

(Talentos da Literatura Brasileira)

1. Contos brasileiros. I. Título. II. Série

15-00191   CDD-869.93

Índice para catálogo sistemático:
1. Contos: Literatura brasileira 869.93

NOVO SÉCULO EDITORA LTDA.
Alameda Araguaia, 2190 – Bloco A – 11º andar – Conjunto 1111
CEP 06455-000 – Alphaville Industrial, Barueri – SP – Brasil
Tel.: (11) 3699-7107 | Fax: (11) 3699-7323
www.novoseculo.com.br | atendimento@novoseculo.com.br

Para meus queridos pais, Eunice e Raul
Para meus amores, Glauce e Matheus
Para meus irmãos, Cristina, Roberto, Elisa e Cláudia
Para meus amigos, Tio Zé e Marcelo Tomaz

AGRADECIMENTOS

Adriana Baldan
André Godoi
Alex Villena
Carlos Riul
Carlos Henrique Tucci
César Rosa
Daniela Tincani
Eduardo Soares
Gustavo Trevisan
Henry Assef
João Flavio Almeida
Joca Vita
Josane Hodniki
Kell Bonassoli
Leonardo Castelo Branco
Lucas Otuzi
Marcelo Santos
Maurício Fregonesi Falleiros
Natalia Galbere
Rafaela Carneiro
Rafael Alves
Rony Neves
Sérgio Gaspar
Sérgio Garrido
Wlaumir Souza

ILUSTRAÇÕES

Adilson Terrivel
Allan Nogueira
Anyela Ignacchitti Hanna
Ari Bianchi
Cassio Nunes
Cordeiro de Sá
Fabiano Pessoa
Fábio Zanetti
Gerson Tereska (Magoo)
Guto Chicanelli
Jean Guelre
João Mendonça
Karol Cadelca
Leandro Iozzi
Marcelo Tomaz
Marcio Bruderhausen
Markito Mesquita
Paulo Fritoli
Quico Soares
Roberto Kroll
Rodrigo Daher
Rodrigo Faustino
Ronaldo Viana
Sthephany Brotti (Sora)
Thiago Vinhático

SUMÁRIO

PREFÁCIO	13
DEDO NA FERIDA	18
O SILÊNCIO DE UMA INOCENTE	23
TIRO NO ESCURO	28
UMA NOITE DELICIOSA PARA COMER PUDIM	34
UM DIA PERFEITO PARA TOMAR REFRIGERANTE	45
PRESENTE DE GREGO	54
POSSO TE DAR UM BEIJO?	61
CARA DE UM, FOCINHO DE OUTRO	65
FACULDADE DE CIÊNCIAS NERVOSAS	75
DUAS CONFISSÕES, UM CATACLISMO NUCLEAR	79
O VINGADOR DO TRÂNSITO	88
O MUNDO TRATA MELHOR QUEM BEBE BEM	94
MULHER TEM QUE CHORAR, HOMEM TEM QUE RIR	102
PERGUNTA DE RISCO	110

A PRIMEIRA AMNÉSIA A GENTE NUNCA ESQUECE	115
DE BAR EM BAR. A VIA-CRÚCIS DE UMA AMIZADE QUE FOI PRO BELELÉU	128
CONFORME A MÚSICA É QUE SE DANÇA	144
FLORES?	149
TUDO EM NOME DO AMOR	154
SERES DE OUTROS PLANETAS	161
A LINGERIE	166
PEQUENOS DEFEITOS	173
O MELHOR MARIDO DO MUNDO	180
OS MELHORES AMIGOS QUE ESSE MUNDO JÁ VIU	190
O INVENTOR DE PROFISSÕES	206

PREFÁCIO

OS CONTOS QUE ACABEI DE LER nascem de fatos simples, baseados em assuntos dos noticiários de todos os dias, nas conversas entre amigos, nas filas dos bancos, mas que o autor consegue transformar em histórias, e que histórias!

São contos instigantes, contemporâneos, interativos e possuem a intensa capacidade de fazer você ficar imaginando o final até o final. É uma leitura que se impulsiona por fagulhas interessantes do Realismo Fantástico, tipo aquele presente na obra de Julio Cortázar e Murilo Rubião. A diferença é que a proposta aqui demonstra uma busca incessante pelo fantástico do realismo, até mesmo em uma época em que o mais impensável realismo não nos impressiona mais.

E o autor consegue prender muito a atenção, basta começar a ler para viver as histórias presentes na vida de cada um dos personagens, em cada um de nós.

E ao ler, conto a conto, percebi uma deliciosa intenção de fazer os personagens se relacionarem e interagirem entre si, entre os próprios contos e com o leitor. Como se diz no jargão popular, "o papo é reto"! Os diálogos são diretos, próximos, passam a sensação de uma ausência de muros e fronteiras, parecem que estão acontecendo logo ali, na casa do vizinho ou na sala de nossa casa.

São vinte e cinco contos que buscam e apresentam a essência do cotidiano de uma maneira tão sincera que faz parecer inocente todo o sarcasmo, malandragem, inteligência e doçura que estampam os personagens.

Tenho nesse momento, nesse ciclo, o enorme privilégio de repartir a mesma sala de trabalho, o mesmo ofício com o autor da obra. E agora que li esse seu trabalho, a cada conversa, a cada *brainstorm*, a cada prazerosa cerveja, vou ficar sempre imaginando: ele vai fazer um novo conto sobre isso.

Gosto de histórias assim. Gosto de pessoas assim.

Boa leitura.

Zeppa Tudisco
Diretor de Criação da Alta Comunicazione

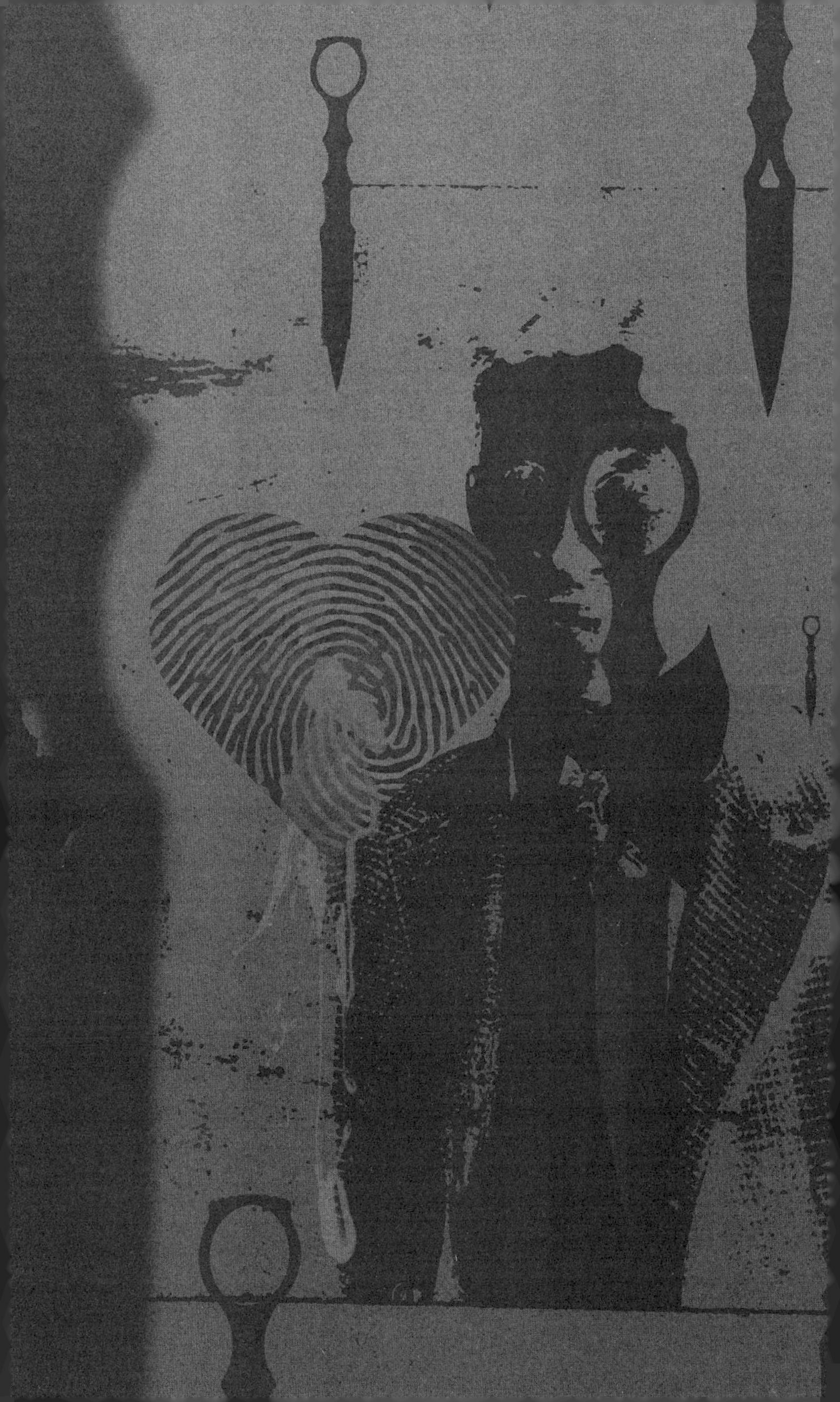

DEDO NA FERIDA

— EU TE ODEIO! TE ODEIO! TE ODEIO! Não me olha com essa cara não. É verdade! Sou capaz de jurar... Quer que eu jure? Ah, meu Deus! Como sou boba de perguntar. Imagina! Quem é *ocê* pra querer que eu jure alguma coisa? Quem é? Me diz? *Cê* não passa dum traste! É isso aí. Um traste *véio* e imprestável! Traste! Eu xingo mesmo!

Lídia berra. Dispara num atropelo só. Uma velocidade tão frenética que em certos momentos chega a lembrar aqueles locutores de corrida de jóquei seguramente desempregados. A dicção não é das melhores. O nervosismo não deixa ser. Ela chega a comer palavras enquanto vomita dor.

— Cê pensa que eu não vou fazer nada, não é? Claro... pensa. Confia na minha calma, na minha compreensão, no meu amor... Pensa que eu vou ficar de braços cruzados mais uma vez... É isso que *cê* tá pensando, não é? Eu sei que é. Mas *cê* tá muito enganado, meu bem. Muitíssimo enganado!

Lídia está na cozinha com o marido, tentando exorcizar todo o seu rancor. Está claramente transtornada e a sua voz agora alterna gritos com sussurros. A velocidade das palavras também não é a mesma e seus gestos ora são nervosos demais, ora irritantemente lentos. Essas atitudes denotam uma incrível falta de organização de pensamentos. Seu raciocínio está sumariamente afetado e ela não faz questão de esconder isso de ninguém. Claudionor, por sua vez, está impassível, quase sereno. Lídia não se conforma com a imobilidade e aparente calma de seu marido.

– *Cê* não vai falar nada? Não vai se defender? Ah... vai? Cala boca! Deixa eu falar! *Cê* ainda quer me interromper? Quer que eu ouça suas desculpas esfarrapadas? Eu não sei onde eu tô com a cabeça que eu não te meto a mão na cara. Agora! Isso mesmo! É isso que *cê* merece. Uma bela surra pro *cê* aprender... Aprender? Que besteira! Doce ilusão! *Cê* não aprende nunca. *Cê* é incorrigível, um sacana completo. Eu não sei o que me deu na cachola quando te chamei para morar comigo. Que burra, meu Deus! Que burra! Mulher apaixonada faz cada besteira. Ai se eu pudesse voltar atrás. Ah, se eu pudesse...

Lídia está fora de si. Olhos fora de órbita, boca fora de esquadro, mãos fora de controle.

– Fica aí. Não chega perto. Não me toca. Nem ouse colocar a mão em mim. *Cê* me dá nojo. Pensa que vai me dobrar com seus carinhos, é? Como sempre fez? Nananinanão! Ah, *cê* não ia me tocar? Não? Tá bom, eu acredito!

Lídia está completamente descompensada, mas de vez em quando ainda esboça alguns sorrisos. É uma tentativa infantil de espantar o desequilíbrio e destilar seu cinismo. Claudionor, entretanto, está sério, tão tranquilo quanto poderia estar na situação em que se encontra.

– Fala alguma coisa. Não tem nada pra falar? Então me responde: por que *cê* fez isso comigo? Ainda mais com a minha filha? Com a Alessandra! Tá, concordo que ela não usa umas roupas muito longas e decentes, como *cê* mesmo me alertou mais de uma vez. Eu também sei que ela é bonita, mas e daí?

Lídia faz uma pausa, respirar de vez em quando é bom. É bom? Continua:

— Não era pra *cê* ter feito o que fez... O que *cê* viu nela? Só porque ela é mais nova do que eu? Mas quem é que te sustenta, quem paga tuas contas? As pinga que tu bebe? Quem é, hein? O bispo? Não me conformo! *Cê* devia ter aguentado as provocações dela. *Cê* devia ter me respeitado, ter respeitado a minha casa... Levasse a sem-vergonha para um motel então... Mas não, nem dinheiro quis gastar. Mão-de-vaca!

Agora ela explode em uma gargalhada atroz.

— O que eu tô dizendo? Não sei mais nada. Como *cê* ia levar ela *prum* motel? Com que dinheiro? Com que dinheiro?

Lídia forte, Lídia decidida, Lídia que sustenta a casa. Claudionor mulherengo, bêbado, imprestável. Alessandra, ingrata, traidora, filha da mãe. Lídia que é mulher de verdade. Lídia de cinco casamentos, Lídia de seis abortos, Lídia de dezenas de decepções. Claudionor miserável, só dá dor de cabeça. Alessandra, filha única, mistura de víbora e vespa.

— Quer falar alguma coisa? Então diz. Fala! Não tem coragem, não é? É um covarde mesmo. Aposto que *cê* tá pensando: *mais cedo ou mais tarde eu dobro essa tonta. Deixa ela espumar de raiva. Desabafar que nem uma doida... Eu aguento tudo aqui, quietinho, e aí quando ela menos esperar, puf, dou um trato direitinho nela...* Mas dessa vez não. Dessa vez não, jacaré. Pode ir tirando o cavalinho da chuva. Não tem volta, eu juro. *Cê* destruiu a minha vida! *Cê* acabou comigo. E vai ter que pagar.

Lídia rouca. Lídia louca. Lídia que diz poucas e boas.

– Quer fazer o favor de parar de me olhar desse jeito? Não adianta fazer cara de madalena arrependida. O que tá feito, tá feito, Claudionor!

E Lídia desfere mais um golpe. É a 36ª facada. E, pelo andar da carruagem, não vai parar por aí.

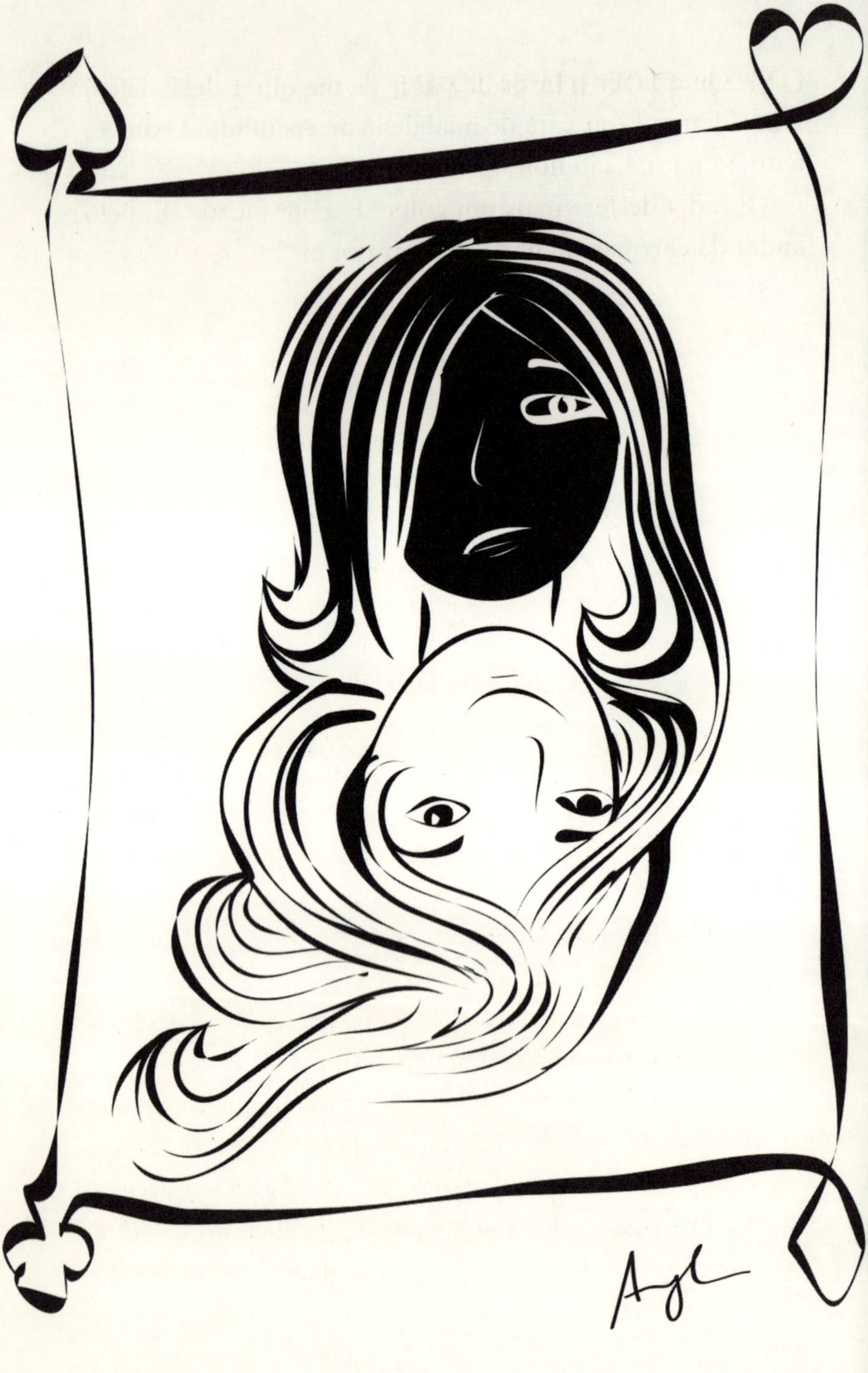

O SILÊNCIO DE UMA INOCENTE

WALTER NÃO É UMA PESSOA que pode ser considerada amável. Longe disso. Quando perde no truco então, fica simplesmente detestável. Sua esposa que o diga. Se todo dia, sem exceção, ela já sofre terrivelmente com o intragável mau humor do marido (que vive zanzando pela casa, criando caso e pondo defeito em tudo o que ela faz) imagine o que acontece com a pobre coitada quando ele sai derrotado da mesa de jogo... é lógico que ela paga o pato mais uma vez. E em dobro.

Nessas horas, o advogado (essa é a profissão dele) trata Célia (é como ela se chama) com um desprezo ainda maior, humilhando-a sadicamente. Sem o mínimo remorso, ele desconta todas as suas frustrações esportivas na infeliz mulher, com quem não dorme há mais de cinco anos. Diz que ela lhe dá nojo. Célia se lembra bem da primeira vez que foi desprezada, ficou oito dias sem pregar o olho, com febre e azia. Nunca soube lidar com rejeições.

Walter é implacável. Faz questão de repetir a todo o momento que a mulher é uma inútil e incapaz de despertar-lhe desejo, por mínimo que seja. A verdade é que ele já não é mais nenhum menino, tem cinquenta e três anos (Célia, quarenta e dois), é estéril e meio impotente. Só consegue relativo sucesso com uma amante de nome Débora que tem uma paciência de Jó, não gosta muito de velhos (mas ama presentes caros) e é bruxa. Por isso, sabe de umas mandingas especiais, uns segredos para levantar defunto.

Hoje é quarta-feira e, para variar, Walter perdeu de novo no truco. Faz dez minutos que chegou a casa, veio cantando pneu, soltando fogo pelas ventas e praguejando o jogo – *não saí com o zape nenhuma vez, vê se pode!* – podia, ele tinha um azar miserável!

Walter acabou de tomar banho e já brigou pelo sabonete que estava no fim, pelos seus chinelos que estavam virados ao contrário, pela cor da cueca que ela escolheu para ele (*bege de novo?*) e pela toalha de banho que, segundo ele, estava mal passada (*uma pouca-vergonha*).

Como de costume, Célia nada respondeu. Ficou quieta, cabeça baixa, ouvindo as reclamações e ofensas de forma resignada. Em quase vinte e cinco anos de casados sempre foi assim, ela nunca abriu a boca, nunca soltou um pio, nunca se defendeu, nunquinha mesmo, para deleite de Walter, que nem sabe mais quando foi a última vez que ouviu a voz da esposa. *Ainda bem*, pensa orgulhoso. Ele gosta disso. Ah, como gosta! Vibra intensamente com a passividade dela. O silêncio de Célia demonstra respeito, obediência e submissão plena. Ele sente-se poderoso, vitorioso e inatingível. Um verdadeiro rei. Como se pudesse falar e fazer as maiores barbaridades e ainda assim, pela vida inteira, ficar impune.

Agora ele está sentado na sala. Controle remoto da televisão na mão. Aperta o *play*.

– Mas que droga! Você mudou o canal da TV de novo! Por que não deixa na SporTV? Agora toca eu ter que trocar de canal. Isso me irrita, será que você não sabe?

Célia não responde. Walter resmunga:

– Você limpou a casa hoje? Dá só uma olhada na sujeira desta mesa – ele passa o dedo nela e seu dedo continua da mesma cor. – Você fica em casa o dia inteiro enquanto eu vou trabalhar e não é capaz nem de tirar o pó? Será que você não serve pra nada?

Célia não se defende. Ele vai para a cozinha.

– E essa geladeira? Que coisa horrível que está! Há quanto tempo você não faz uma limpeza nela? Que cheiro insuportável.

Célia fica calada.

– Morangos? Você comprou morangos de novo? Gastou dinheiro com essas bobagens vermelhas? Já não basta ter comido isso no ano retrasado? Será que você não sabe que eu odeio essa fruta idiota? Então por que comprou? Só porque você gosta? Você acha que isso é motivo suficiente? Pensa que meu dinheiro é capim?

Célia se mantém quieta enquanto Walter pega um prato e começa a se servir. É o jantar.

– Que comida é essa? Olha que troço esquisito: o bife está mal passado, duro que nem pedra, essa verdura parece uma gosma grudenta, a batata está gordurosa pra chuchu, o chuchu está com gosto de cenoura, a salada é puro sal... Me sobrou o quê? O arroz?

Ele leva o garfo até a boca e cospe.

– Nem ele. Está papa. Uma porcaria... Não sabe mais fazer comida? Até isso desaprendeu?

Célia continua de boca fechada. Ele abre uma cerveja, um pacote de batata fritas e volta para a sala.

– Tem falado com a tonta da tua mãe? Onde se meteu aquela velha maldita? Tomou chá de sumiço? Estou com vontade de comer o bolinho de bacalhau dela. Liga e diz pra ela trazer uns pra mim amanhã. Amanhã sem falta, ouviu? Diz também para me fazer um pulôver creme. Creme, entendeu? Não é bege como as minhas cuecas, é creme. Vê se põe isso na droga da tua cabeça. Pega um papel e anota pra não esquecer.

Célia faz silêncio mais uma vez. Walter olha para a mulher, vasculhando-a, com olhos críticos e desdenhosos:

— Meu Deus! Não sei como você pode. Tem se visto no espelho? Cada dia mais desleixada. Mais gorda, mais disforme. Regime que é bom nada, não é? A cada dia que passa você está mais pesada. Uma baleia. Imensa. Você está engordando a olhos vistos. Um horror. Você vai engordar até quando? Até explodir?

— Não! — Célia finalmente reage.

Walter treme. É um milagre. Pela primeira vez na vida ela dá uma resposta ao marido, a primeira em mais de vinte anos de casados. E ainda por cima continua:

— Vou engordar até ter nenê. Porque eu estou grávida. Entendeu?

E sai dançando pela sala.

— Grávida. Grávida. Grávida.

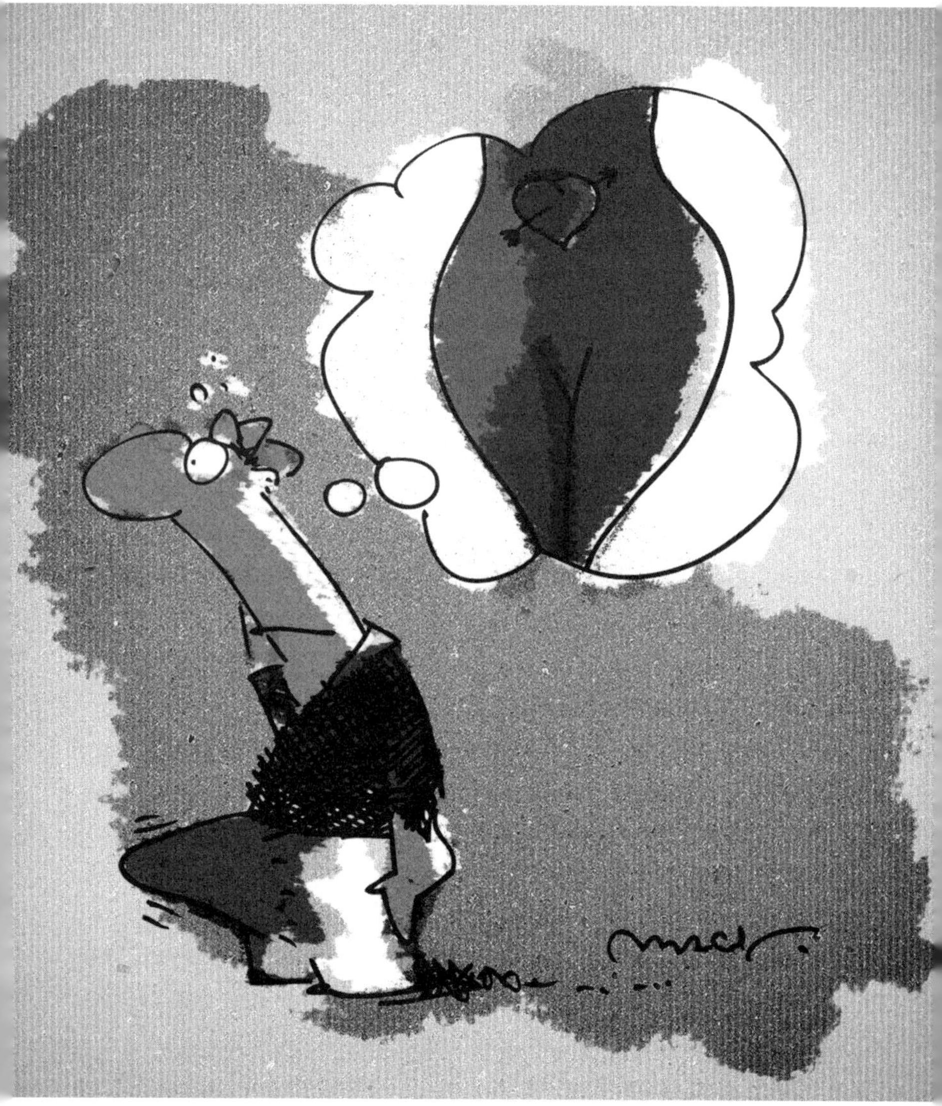

TIRO NO ESCURO

LIMA LIGOU PARA O FIGUEIREDO para dar a notícia. De certo modo estava exultante. Gostava de ajudar as pessoas. Todo ano contribuía com o programa Criança Esperança.

– Achei, cara. Achei!
– Achou o quê, Lima?
– A mulher da sua vida.
– Ah, não. Lá vem você de novo com essa história.
– Dessa vez é sério.
– Dessa vez é sério… Toda vez é sério. Toda semana você me liga dizendo a mesma coisa. Para com isso.
– Eu ia parar, mas agora apareceu essa mulher. Ela é incrível, perfeita para você. Feita sob encomenda.
– Não quero saber. Não se mete mais nisso.
– Figueiredo, Figueiredo. Deixa de ser durão. Você é muito sistemático, preocupado demais com a sua privacidade. Deixa eu te apresentar para ela, você vai adorar. A Silvia aposta que essa é sim a mulher da sua vida.
– Ah, tá explicado, é outra amiga da Silvia? Só podia ser. Mas essa deve ser nova, porque eu já conheci TODAS as amigas dela. Vocês já me apresentaram sei lá quantas e nunca deu certo.
– Porque você é muito exigente, seletivo demais. Uma tem a voz muito fina, a outra tem a sobrancelha muito grossa, uma tem muito dinheiro, a outra não tem ambição

nenhuma... Poxa, assim fica difícil... Mas essa a Silvia conheceu no cabeleireiro e logo que falou de você a mulher já se apaixonou, ficou toda entusiasmada.

– O quê?

– A Silvia comentou alguma coisa de você para a moça e aí ela se interessou toda, ficou bastante ansiosa para te ver.

– O que a Silvia disse de mim?

– Não sei detalhes, mas, em resumo, que você era um cara legal, nem gordo e nem magro, essas coisas.

– Só isso? Não disse que eu era engenheiro, ex-campeão de natação do colégio, que com apenas onze anos eu fui considerado...

– Não, não precisou. A Silvia só disse que você era bacana, que estava em forma e a mulher ficou maluca para te conhecer.

– Só isso mesmo? Ah, Lima. Você quer me arrumar uma pilantra!

– Não é bem assim. Não seja precipitado nos seus julgamentos. Ela só está carente, as mulheres no geral estão. Está faltando homem no mercado, você sabe. Mas essa nova amiga da Silvia é uma mulher e tanto.

– Você conheceu?

– E como! Bem a fundo... E vou te contar: vale a pena, viu. A mulher é um vulcão.

– Quer dizer que você saiu com a mulher da minha vida?

– E você não saiu com a minha?

– Mas isso foi antes da gente se conhecer. Eu era namorado da Silvia e ela me largou para ficar com você. É bem diferente.

– Não é não. Por acaso você já conhece a moça?

– Não e nem quero conhecer.

— Figueiredo, me escuta. Já está na hora de você se casar, já tem gente dizendo que...

— Eu estou me lixando para o que os outros dizem. Quem decide a hora que eu tenho que casar sou eu.

— Tudo bem, concordo. Mas essa mulher é diferente, madura, do jeito que você gosta. E tem um bundão... Figueiredo, ela tem um bundão que vou te falar. Se não for a mulher da sua vida vale, ao menos, pela transa.

— Não quero saber. Esses encontros arranjados nunca dão certo, são a maior roubada. Vai ver é a maior baranga.

— Garanto que não.

— Duvido.

— Pode acreditar. Palavra de honra. Posso marcar? Ela quer te ver hoje ainda. Como eu te disse, ficou louquinha para te conhecer.

— Hoje não dá. Amanhã, talvez.

— Sábado ela não pode.

— E por quê? Tem dia melhor para sair?

— É que... como vou dizer... sábado é dia dela ficar com o marido.

— Ela é casada!? Lima, você quer me arrumar uma mulher casada? Mas é uma safada mesmo. Em que confusão você quer me meter?

— Relaxa, ela vai se separar. O maridão é um tonto, segundo palavras dela, nem vale a pena comentar. Ela contou tudo para a Silvia.

— Assim já é demais. Você quer que eu me envolva com uma mulher casada!

— E o que é que tem? Não vai ser a primeira vez, vai? Vai dizer que nunca saiu com mulher casada.

– Não.
– Então experimenta! Você não sabe o que está perdendo. Elas são insaciáveis.
– Não sei, não sei, preciso pensar.
– Pensar o quê? Figueiredo, ela é uma maravilha como eu já cansei de te dizer, mas se você não quiser, tudo bem. Eu apresento o Almeida para ela, aposto que ele não rejeita.
– Para o Almeida não!
– Para o Almeida sim. E do jeito que a pobrezinha está carente, vai cair fácil, fácil nas garras dele. O que é uma pena, pois na verdade ela queria mesmo você, mas já que você não quer, fazer o quê?
– Ela é loira ou morena?
– Mulata.
– Fechado.

• • •

O encontro foi marcado em um bar. Como era de seu costume, Figueiredo chegou atrasado. Seus amigos já estavam confortavelmente sentados em uma mesa de canto, perto da entrada. Assim como Silvia, a pretensa mulher da sua vida estava de costas para ele. Detalhe: costas nuas com marquinha de biquíni e tudo, um convite aos pensamentos mais pecaminosos. A visão desse ângulo o agradou tanto que instantaneamente ele ficou excitado. Então, para dar tempo do Lima vê-lo, levantar-se e lhe dar as boas-vindas, Figueiredo foi se aproximando bem devagar, como um animal cercando a presa. Quando estava bem perto, finalmente a futura mãe de seus filhos (agora ele estava otimista) virou o rosto e seu amigo fez as apresentações de praxe.

— Manola, esse é o Figueiredo. Figueiredo, essa é a Manola.

— Ma... — foi o máximo que Figueiredo, branco como a nuvem, foi capaz de proferir.

— Fi... — Manola deixou escapar, perplexa.

— O que foi? — perguntou Lima. — Não vão dizer que já se conhecem?

— Mamãe!

— Filho!

Dois minutos e doze segundos foi o tempo exato que ambos levaram para que conseguissem completar as suas frases.

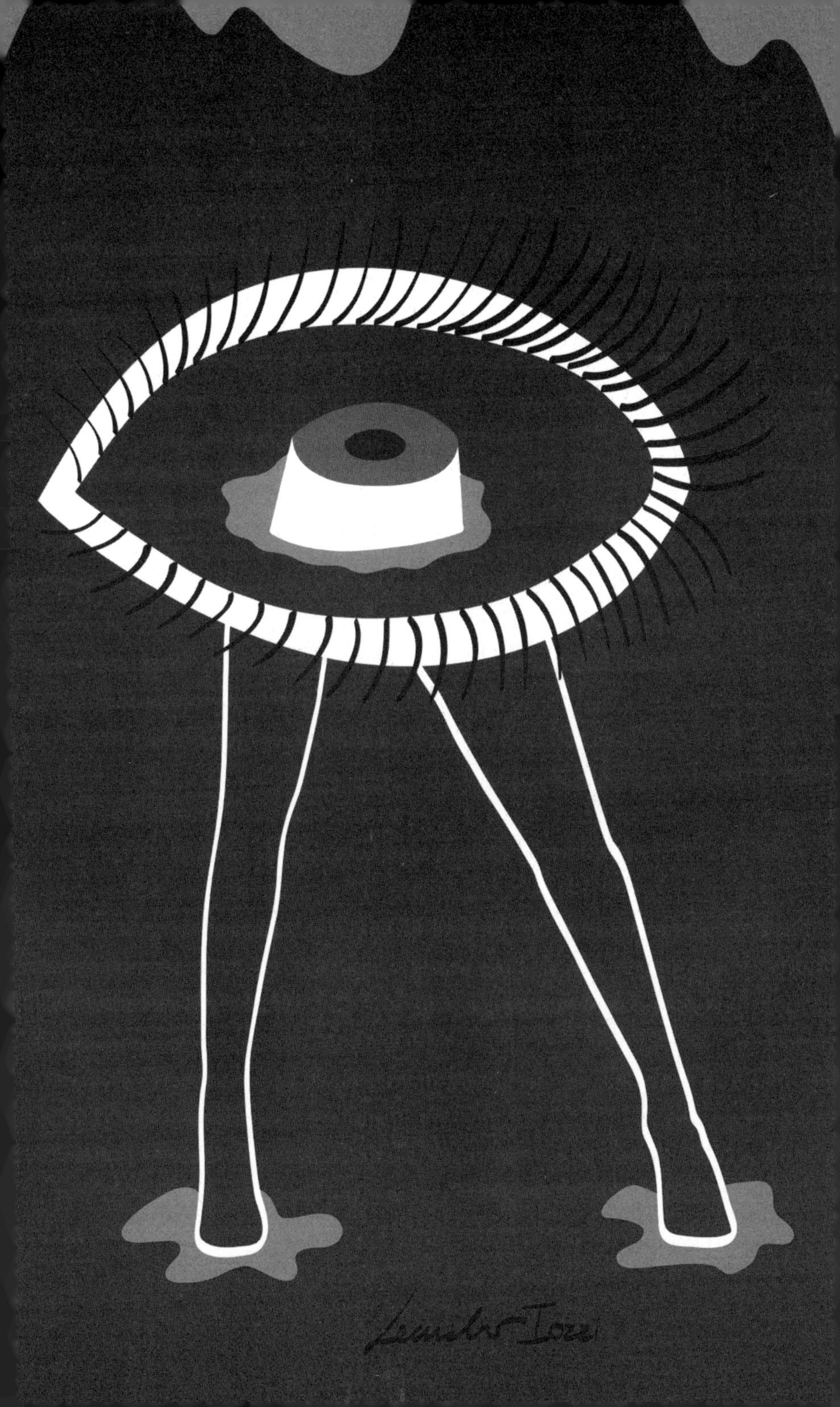

UMA NOITE DELICIOSA PARA COMER PUDIM

APESAR DO RELÓGIO DO CRIADO-MUDO estar marcando 7h10, são 10h45 da noite, tenho certeza. O meu relógio biológico não se engana. Já começo a sentir uma vontade incontrolável de comer pudim e os meus neurônios acusam os primeiros sinais de depressão. Faz um calor abominável, mesmo assim estou debaixo das cobertas, suando como se estivesse em uma sauna, com o estômago doendo. Tenho lá umas manias estranhas.

Minha mãe bate à porta.

– Jáder!

– O que é? – pergunto mal-humorado.

– Tem uma moça aí que quer falar com você. Disse que se chama Camila.

– Camila?

– É.

Camila... Camila... Camila...

– Pede para ela subir. Só vou me trocar e já vou.

– Ela já está na sala. O porteiro nem ligou para avisar. Ela foi apertando a campainha e entrando. É a maior entrona que já vi.

Penso em dizer para a minha mãe falar baixo. A tal da Camila pode ouvir a nossa conversa, mas deixo pra lá. Visto a minha camisa de propaganda eleitoral, calço os meus chinelos novos, passo o meu melhor perfume e vou para a sala, arrumando os cabelos com as mãos. Devia tê-los cortados, estão muito rebeldes para meu gosto.

Assim que aponto no corredor, a moça que está na sala me vê e corre em minha direção com os braços abertos. Vem e me abraça, eufórica.

– Jáder! É você, não é?

– Sou – respondo um pouco encabulado. Apesar de gostar muito de mulher e de ter certa intimidade com o assunto, nunca tinha visto tamanha demonstração de carinho de uma desconhecida.

– E você é a Camila. Acertei?

– Isso mesmo.

– Então? – falo, esperando algum tipo de esclarecimento.

– Eu sou amiga da Lolla.

Lolla... Lolla... Lolla...

– Você se lembra dela, não lembra? – pergunta Camila.

Para não ser desagradável, eu penso em dizer "vagamente", mas não dá tempo. Ela me entrega um pacote e vai dizendo em uma velocidade espantosa:

– Ela mandou pra você. É um presente. E me pediu para te falar que está morrendo de saudades. Disse ainda que nunca esqueceu aquela noite atrás na Unaerp, a faculdade onde vocês estudaram juntos.

Meio sem graça, já que eu tinha esquecido a tal noite e porque nunca fui bom para receber presentes, desembrulho o papel e digo:

– Obrigado. Eu também sinto a falta dela.

É uma camisa. Oficial da seleção.

– Adorei – agradeço com sinceridade.

– Você ainda gosta de futebol?

– Muito. E agora de curling também.
– Ahn?
– É um esporte de inverno. Esquece.
– Pois é. Eu vim porque a Lolla me mandou.

Aquilo não esclareceu muita coisa, mas no momento é o que menos importa. Eu quero explorar um pouco o visual daquela garota. Apesar de gostosíssima, não é particularmente bonita, mas tem algumas coisas que chamam a atenção além de sua bunda e seios. Deixa eu ver... Os sapatos. Sim, os sapatos.

– Quer tirar os sapatos? – tento ser gentil.
– Ah, sim. Obrigada – ela me diz aliviada, como se já estivesse esperando por aquilo. – São quase dois números menores do que o meu. Uma prima me emprestou, a Joana. Acho que a Lolla falou dela para você.

Joana... Joana... Joana...

Como não falo nada, ela continua:

– Esses sapatos estavam me matando. Não existe coisa pior que sapato apertado. Existe?
– Amar uma pessoa e não ser correspondido.
– O quê?
– Isso é pior do que sapato apertado. Amar uma pessoa e não ser correspondido – confirmo.

Ela ri de um modo sexy e faz que sim com a cabeça.

– E a Lolla? – pergunto por perguntar, admirando seus pés e deixando bem claro que aquela visão me agrada. Sempre fui podólatra e Lolla deve ter contado isso a ela.

– Não sei não – ela me diz balançando as pernas, parecendo completamente à vontade. Se continuar assim, com esse movimento, e eu continuar olhando para seus pés, certamente ficarei tonto. Mas acho que é isso o que eu quero: ser inebriado.

Ela continua:

— Não sei mesmo, mas alguma coisa me diz que você não se lembra da Lolla.

— Não é que eu não me lembre — falo, mexendo nos cabelinhos da minha perna esquerda. — Mas é que a gente conhece tantas Lollas pela vida, não é? Bem que você podia...

— Refrescar a sua memória? Dizer de qual Lolla eu estou falando? Tudo bem. Eu já esperava por isso. Ela me preveniu a respeito de suas atitudes estranhas. Disse que você é desatento, que só vendo — ela falou, rindo.

— E o que mais? — pergunto, curioso.

— Disse também que você é muito bonito — falando isso ela desvia os olhos dos meus e joga a cabeça para trás, em um gesto provocante. — E agora estou vendo que ela não estava mentindo não — diz, voltando a me encarar firmemente, como se me desafiasse.

Deixo cair meu presente no chão e abaixo todo desengonçado para pegá-lo.

— A Lolla me alertou para eu tomar cuidado com você. Ele é um perigo, ela me falava a todo instante.

— Ela disse isso?

— Disse — mexendo na bolsa, ela me pede: — posso fumar?

Decididamente estou diante de uma menina cativante. Apesar de odiar cigarro, faço um vai em frente com a cabeça. Ela agradece.

— A Lolla sempre foi uma danadinha — falo por falar.

— Lembra-se dela agora?

— Sim — digo sem convicção. — Sou desatento mesmo.

– Eu não ligo. Tudo certo.
Que pés! Meu Deus. Que pés!
– Então! – ela fala só para quebrar o silêncio embaraçoso. – Ela engordou pra caramba.
– Quem?
– A Lolla. Onde você está com a cabeça?
– Aqui – mostro apontando para meu crânio, tentando fazer gracejo.
– Não parece.
– É – respondo sem graça.
– Mas ela engordou de verdade.
– Não! A Lolla gorda? Não posso imaginar – dissimulo.
– Ela era tão vaidosa...
– Era. Mas ela se envolveu com um cara, sabe. Um tal de Marcílio. Não sei se você conhece?
Marcílio... Marcílio... Marcílio...
– Só de vista – falo por fim, mentindo descaradamente.
– Pois é. Esse cara acabou com ela. Deixou a Lolla superdeprimida. Agora ela come o dia inteiro. Bolo, torta, pudim...
– Pudim é gostoso.
Ela nem liga para o meu comentário. Continua:
– Deve ser de ansiedade. Coitada.
– Nem fala – comento, levemente condoído.
– Sabe que esse cara, esse tal de Marcílio, conseguiu fazer a Lolla chorar?
– Não! – finjo indignação.
– Sim, senhor. Você acredita?
– A Lolla chorando? Não posso acreditar. Ela nunca chorou, não é?

— Nunquinha mesmo. Nem quando... Deixa pra lá.
— Que coisa!
— Para você ver — ela solta a fumaça em minha direção e depois parece arrepender-se, pois fica abanando o ar com as mãos para dissipá-la. — Mas vamos falar de você.
— De mim? Acho melhor não. Vamos falar de você primeiro, Camila.
— O que você que saber? — diz ela, jogando os cabelos para trás.
— Por exemplo, quantos anos você tem?
— A mesma idade da minha prima Lúcia. Dela você se lembra, não é?
Lúcia... Lúcia... Lúcia...
— Claro — minto novamente. — Mas é que eu não sei quantos anos a Lúcia tem.
— Não importa — ela diz. — O que importa é você saber que eu tenho a mesma idade dela. Já dá para calcular.
— Verdade — concordo, sem concordar.
E Camila:
— Sou capaz de apostar que você está louco, louquinho para saber o que eu vim fazer aqui. Acertei?
Fico em silêncio.
— Não sou bruxa não. Normalmente não consigo ler pensamentos, mas o seu está escrito na sua testa. Você poderia ser mais discreto.
Passo a mão na testa e pergunto:
— E agora? Apagou?
— Borrou tudo.
— Tá. E o que mais?

– O que mais está escrito? Um monte de coisa, mas o resto está em uma língua que eu não conheço. Preciso de um tradutor.

– Pode perguntar que eu te digo. Sou bom em línguas.

– Não duvido – ela diz, passando a língua nos lábios. Estremeço.

– Mas acho melhor eu responder o que vim fazer aqui. Sabe o que é, Já? Posso te chamar de Já?

Faço sim com o polegar.

– Eu vim aqui porque eu queria que você me ajudasse.

– É só me dizer no quê – respondo com medo. Só faltava ela me pedir dinheiro.

– Seguinte, eu passei na faculdade de Economia da USP. Então eu venho morar aqui esse ano e eu não conheço ninguém na cidade a não ser você. E eu não tenho onde ficar. Já deu para entender, Já?

Fico embaraçado. Que droga aquela desconhecida queria?

– Deu. Quer dizer, mais ou menos. Quer beber água? – ofereço para ganhar um tempo.

– Água?

– É. Aqui em Ribeirão tem a melhor água do Brasil. O segredo do nosso chope. É ótima, você vai adorar.

– Bem, eu preferia cerveja... Tô brincando, pode trazer – ela responde sem demonstrar entusiasmo.

Quando volto da cozinha, Camila está na sacada. Entrego-lhe o copo e ela me diz:

– Sua mãe saiu. Pediu para te avisar. Disse que não demora – ela bebe um pouco de água – Não gosto muito de plantas. Dão muito trabalho, mais do que gente.

Penso em dizer alguma coisa, talvez pedir para que ela explique isso melhor, mas de repente ela chega bem perto de mim, em uma distância que considero altamente perigosa. Até que me diz, olhando fundo nos meus olhos:

— Você não se lembra da Lolla, não é?

Nem espera eu responder e dá mais um passo em minha direção. Sinto sua respiração gostosa e quente perto de minha boca. Hálito bom, hortelã com café, apesar do cigarro.

— E muito menos de mim, certo? Você nem imagina quem eu sou.

Passo os meus braços por detrás dela e enlaço seu corpo em um abraço apertado, trazendo-a para junto de mim. Com a minha boca quase roçando a sua, revelo:

— Não sei quem você é, mas sei o que você quer. Sei muito bem o que você quer.

Ela sorri. Eu levo a mão direita até o seu seio esquerdo. Ela me olha com desejo, abre a blusa com pressa, está sem sutiã e dois seios médios e rosados pulam sobre o meu rosto. Eu os beijo. Ela, com voz autoritária:

— Não. Assim não! Eu quero que você me morda. Me morde bem gostoso.

Ela não precisa mandar duas vezes.

— Isso — ela geme. — Me engole gostoso.

Aquilo me excita terrivelmente. Eu obedeço cravando os dentes com fúria, deixando marca.

— Ai que delícia. Agora me bate.

— Bater?

— É. Me dá um tapa na cara. Um não. Dois, três, quatro, quantos quiser.

— Eu não posso.

— Me bate — ela ordena.

Sou seu súdito e súbito meto-lhe a mão na cara. Metralho seu rosto. Ela me olha com desafio e desejo. Estou em transe.

— Você vai ver só uma coisa — arrancando-lhe a roupa, dou-lhe um beijo. Ela prende a minha língua entre seus dentes, me empurra com ferocidade, me arranha os braços, rasga minha camisa. Eu me assusto com a sua vontade, energia e fúria. Penso em pedir calma. Já, já, você vai ter tudo o que quer. Ela me xinga:

— Seu verme nojento!

— O que foi? — pergunto meio bobo. Pelo jeito, ela gostava de sexo animal mesmo.

— A Lolla é minha mãe!! — ela cospe na minha cara. Berra com ódio. — E você, seu desgraçado, é meu pai. Eu sou sua filha. SUA FILHA, entendeu?

— Minha filha? Então a Lolla era...

Ah, Lolla, puxa vida, Lolla. Loucura, Lolla.

— Agora você vai me pagar! — ela esgoela. — Por tudo o que eu sofri. Por tudo o que você fez a minha mãe sofrer.

— E você vai fazer o quê? Me bater mais? — ironizo, nervoso. Ela urra, brada:

— Você vai apodrecer na cadeia!

Debocho, tenso:

— Ah, sei. Você vai me acusar de pai desnaturado...

— Nada disso — diz ela, ar superior, destilando palavra por palavra. — Eu não vou te acusar de nada — ela completa entredentes. — Mas o mundo vai te condenar. Seu porco imundo!

— Quê?

— Assassino!

Então ela dá três passos pra trás e começa uma gritaria louca.

– Para, para. Para com isso. Pelo amor de Deus! Não me bate! Eu não quero. Ai, assim você me machuca.

Ela me surpreende, tento controlá-la.

– O que é isso, menina? Cala a boca. Os vizinhos vão ouvir. Eu não estou te fazendo nada.

Seus gritos abafam a minha voz:

– Para! Para, meu Deus! Não! Assim não. Assim eu vou cair. Socorro! Socorro! Alguém me ajuuuuuude.

Nesse momento ela se joga do décimo andar, gritando socooooooooooorro. Por que fez iiiiiiiiiiiisssoooo?

Olho para baixo e descubro tudo. Ainda consigo ver, em suas pupilas dilatadas, seu olhar de desejo, desejo de sangue, de cruel vingança.

Porra! Depois tem gente que ainda é contra o aborto. Maldita Lolla.

Saio da sacada e decido comer um pedaço de pudim.

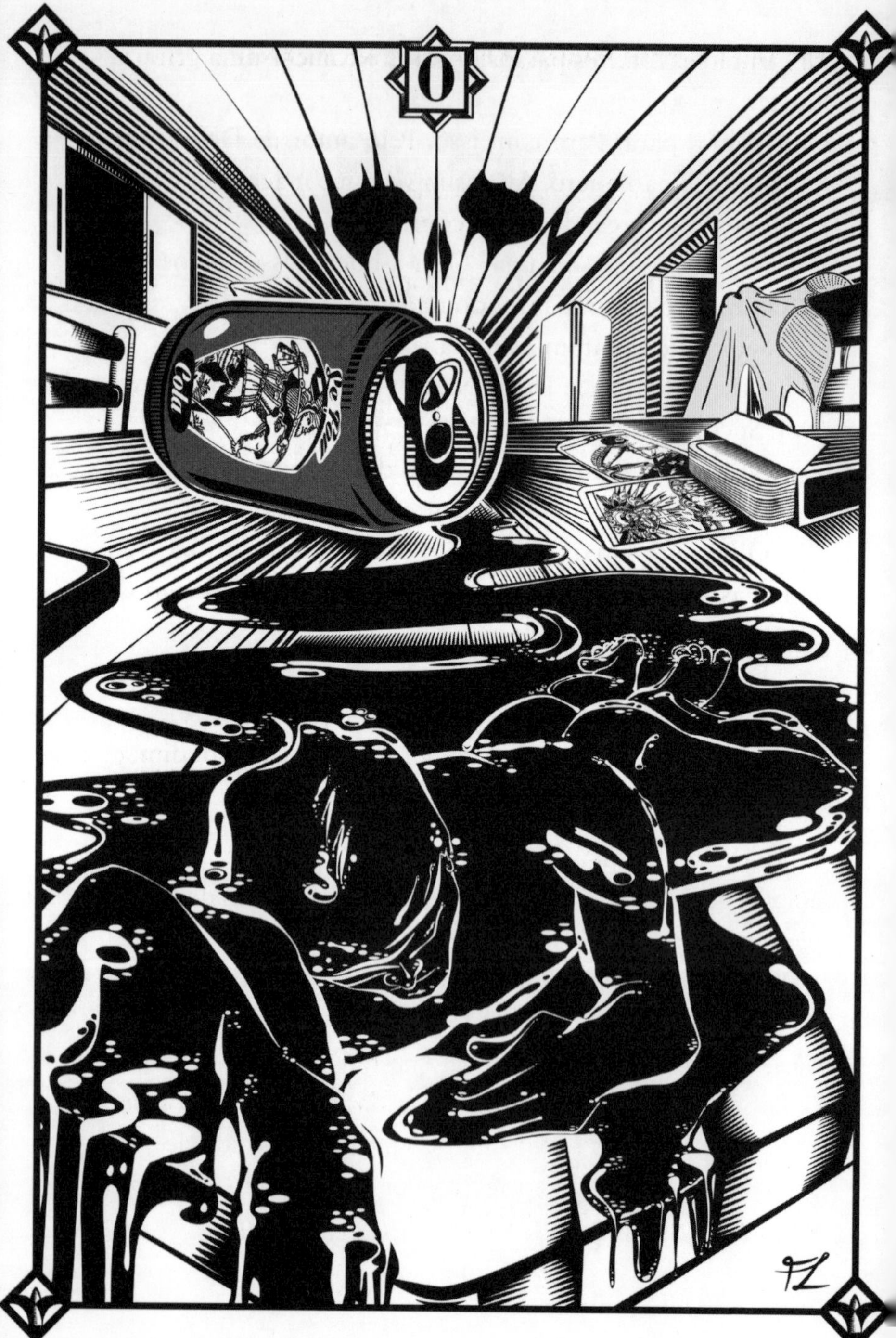
0
Cola

UM DIA PERFEITO PARA TOMAR REFRIGERANTE

CHEGA EXAUSTO A CASA. Mal abre a porta, se joga no sofá. Combalido, com o corpo completamente esfacelado, não sabe o que dói mais. Tem a sensação de que cada parte do seu corpo clama para si o reconhecimento de ter sido a mais castigada por ele. Mera impressão, nada além disso.

Sem saber como ou de que jeito, adormece. Três horas depois, acorda. Está um pouco melhor, mas com a estranha sensação de ter esquecido algo muito importante. Nenhum registro em sua memória. Nada consta. Que dia é hoje? Não tem a mínima ideia.

Lentamente e com muita dificuldade, ele começa a se levantar e de repente dá de cara com uma dor de cabeça insuportável. Apoia-se na parede e tateando dirige-se à cozinha, abre a geladeira e desagradável surpresa... nenhum refrigerante. Vasculha melhor, abre gavetas e decepção, encontra apenas pedaços de gorgonzola e parmesão e potes de iogurtes com datas de validade vencidas (*mas que dia é hoje, cacete? Argh!*). Vê também latinhas de cerveja. Dezenas.

Um enjoo desarticulado toma conta dele. Bate a porta da geladeira com toda a força que tem. Sofrível. A porta pouco se move e continua escancarada, desafiadora. Ele insiste e ela se fecha como que por piedade. Então, ele vira seu corpo e escora as costas na cor metálica do insosso e naquele momento inútil (*cadê um refri?*) eletrodoméstico, até deslizar por completo no chão. E aí, ao bater com a bunda no ladrilho frio se surpreende, percebendo que está nu. Nu?!

Como não se lembra de ter chegado e ter tirado a roupa, fica boquiaberto. Como um país em crise, sente mil personalidades em seu interior. Milhões de vozes ecoam dentro dele.

Motivado para descobrir o que aconteceu, põe-se de pé com uma agilidade invejável para quem tinha tomado o maior porre de sua vida, e, engatinhando, corre para a sala na esperança de achar algum vestígio de calça, cueca ou camisa.

Nem sinal. Encontra apenas uma camisola lilás impregnada de uma alquimia que ele define como suor, lágrimas, perfume barato, tabaco e... sêmen? Um misto de odores particular que ele nunca sentiu antes.

Cada vez mais desorientado, tenta agarrar algum fiapo de sua débil memória, mas a desgraçada escorrega dele como um quiabo, um bagre cínico e ensaboado. Seus débeis neurônios parecem divertir-se nesse jogo de pega-pega, ou melhor dizendo, de esconde-esconde com a sua fragilidade de ressaqueado. Sente-se indefeso, como se a memória, o bagre ensaboado e o quiabo zombassem dele. E quase vomita pensando na leguminosa verde e babenta. Por via das dúvidas, corre para o banheiro e abraça o vaso sanitário... o que também serve para amenizar a carência.

Felizmente, depois de tudo, e como por encanto, pega no sono de novo.

Quando acorda, centenas de segundos depois, a dor de cabeça está ainda pior. Parece que seus miolos estouraram, que sua boca está cheia de formigas, que o açucareiro está cheio de formigas e que as formigas estão cheias dele.

Precisa reagir. Beber algo para lhe devolver a autoconfiança ou no mínimo um gosto melhor à sua boca. Tudo por um refrigerante. Um reino por um copo de Coca. E então lembra de que chegara pelado a casa, no máximo com uma camisola sobre o corpo.

Começa a imaginar como deve ter sido ridicularizado na rua, no prédio, onde quer que tenha passado. Ele que sempre fez questão de ter uma vida respeitável, tão metido a puritano, repressor de seus instintos e desejos.

Com nojo e vergonha, pega a camisola e faz uma minuciosa inspeção para ver se garimpa alguma pista do que tinha acontecido com ele na noite passada. Após um tempo procurando, encontra um guardanapo de papel, desses imundos de bar, já usado, rasgado e com um número que, a princípio, parece ser o de um telefone. O difícil é decifrá-lo, a letra está tremida, um garrancho. Vira o papel e descobre outro rabisco, que mal cabe no papel, ilegível também. *Não, espera um pouco, não é tão ilegível assim.* Para seu desespero, ele consegue ler... Gabriel.

Nesse instante, sente calafrios, seu corpo se esparrama no solo e ele sente sua bunda bater no carpete quente. De repente, nota que essa é a parte do corpo que mais dói, a que exige mais atenção. Dói mais que seus joelhos esfolados, sua nuca mordida, seu calcanhar arranhado, dói mais que sua cabeça que a essas alturas já havia explodido. Explodido?

– Meu Deus, o que eu fiz?

Tem o instinto de se olhar no espelho, ver se alguma coisa mudou em seus olhos. Cor, brilho, jeito. E de repente, começa a chorar ao perceber que, todo esse tempo, estava andando de pernas entreabertas.

Nessa hora o desespero se apodera por completo de sua mente.

– O que eu fiz? O que fizeram comigo? O que eu deixei que fizessem?

Não ousa responder. Não posso acreditar, pensa a plenos pulmões.

– Não posso acreditar! – vozeia.

Sem saber o que fazer, resolve tomar um banho, tentar purificar-se um pouco, retirar marcas, sinais, evidências, provas de toda sorte de azar que teve. Afinal, lavou tá novo. Não era o que dizia a Tia Helena?

Mas o telefone toca.

– Alô? – ele atende, ressabiado.

– Oi, tudo bem?

– Tudo. Quer dizer, mais ou menos. Quem é?

– Vai dizer que não sabe quem está falando?

– Não sei, quem é?

– Sou eu, ué. Que consideração!

– Desculpe, mas eu não sei mesmo quem está falando. Eu não estou tendo um dia muito bom hoje, compreende?

– Não. Nada justifica. Eu queria...

Bate com violência o fone no gancho. A confirmação do que temia. *Aquele cara só podia ser... cacete!* O que era um cisco de dúvida se transforma em verdade incontestável. E não se lembrava de nada. Nada vezes nada.

Bem, melhor assim. Desse jeito, poderia até se recuperar. Desde que cooperasse consigo mesmo. *Bela ideia, o cu operar. Diabos, isso lá é hora de fazer trocadilho? Piadinha?* Será que não respeitava a sua própria dor?

Calma. Precisa manter a calma, dar um tempo. Não! Dar não.

Calma, calma, calma. Isso mesmo, não vai ficar nervosa agora. Que nervosa, o quê! Por favor, chega, já disse, respeito. Ainda bem que não me lembro de nada. É isso. Isso é que é pior. E se o cara fosse bonito? Não é justo não lembrar. Não é justo não ter aproveitado. Se a primeira vez a gente nunca esquece, como pude ter esquecido tudo? Não é justo, não é. Justo.

Respira. Suspira. Respira.

– O que é isso? O que eu estou pensando? Preciso me controlar. Eu só posso estar bêbado ainda. Mas será que bêbado é desculpa pra tudo? – seus berros poderiam ser ouvidos dali a semanas.

– Para com esses pensamentos, já. Para, cara. Já não chega ter acontecido uma coisa dessas? Não chega?

De repente uma decisão. Não pode esperar mais nada. Não tem solução, nem saída. Precisa agir rápido, antes que se arrependa.

Caminha até a cozinha, abre e fecha uma sucessão interminável de portas de armários. Finalmente acha um vidro verde como o quiabo. E outro, e mais um. Do lado de uma... latinha de refrigerante ultra bem escondida. *Ah, filha da mãe. Se ao menos tivesse gelo...*

Feito o venenoso coquetel, bebe tudo, de um só gole, com a decisão dos covardes. Não tem volta. Não tem mais nada. O telefone toca, despertando-o de seu transe. *Burro. Por que não desligou a droga do telefone? Com certeza era aquele cara de novo. Insistente. Deve ter sido muito boa a noite, muito boa mesmo. Devo ter sido muito competente e o cara deve ter gostado bastante para ficar ligando assim.*

— Para, já não mandei parar com esses pensamentos? — vocifera.

Mas não tem controle de nada. Não teve controle de seu corpo, vai ter da mente?

O telefone continua clamando, ele não atende. Prefere deixar tudo por conta da secretária eletrônica. Está estatelado de novo no chão, completamente lívido, esperando a última mensagem.

— Oi, John-Paul? Você não está em casa? Se estiver, atende, por favor. Eu queria muito falar com você. É, sobre ontem à noite. Foi inesquecível o que fizemos, eu adorei.

Pausa. A respiração é ofegante:

— Eu nunca me entreguei assim pra ninguém. Você é o máximo. Aquele lance da gente trocar de roupas foi demais. Só que eu preciso te devolver tudo, sua camisa, sua carteira. Se você quiser ficar com a minha camisola, de recordação, tudo bem. Liga para mim. Escuta, vou te falar um negócio que eu nunca falei para ninguém. Se você quiser, daqui para frente eu serei sempre sua. A sua Gabriela. Um beijo.

A vista dele escurece. *Gabriela? Gabriel-a.* É o seu fim, mas antes de fechar definitivamente os olhos ele tem a plena certeza de ver um pedacinho de papel grudado em seu corpo. Um minúsculo pedacinho de guardanapo colado em sua bunda, com a maldita letra "a". A mesma letra A que era tão frequente em sua caderneta escolar nos tempos de colégio, época em que aí sim, ele era um verdadeiro, autêntico e incontestável CDF.

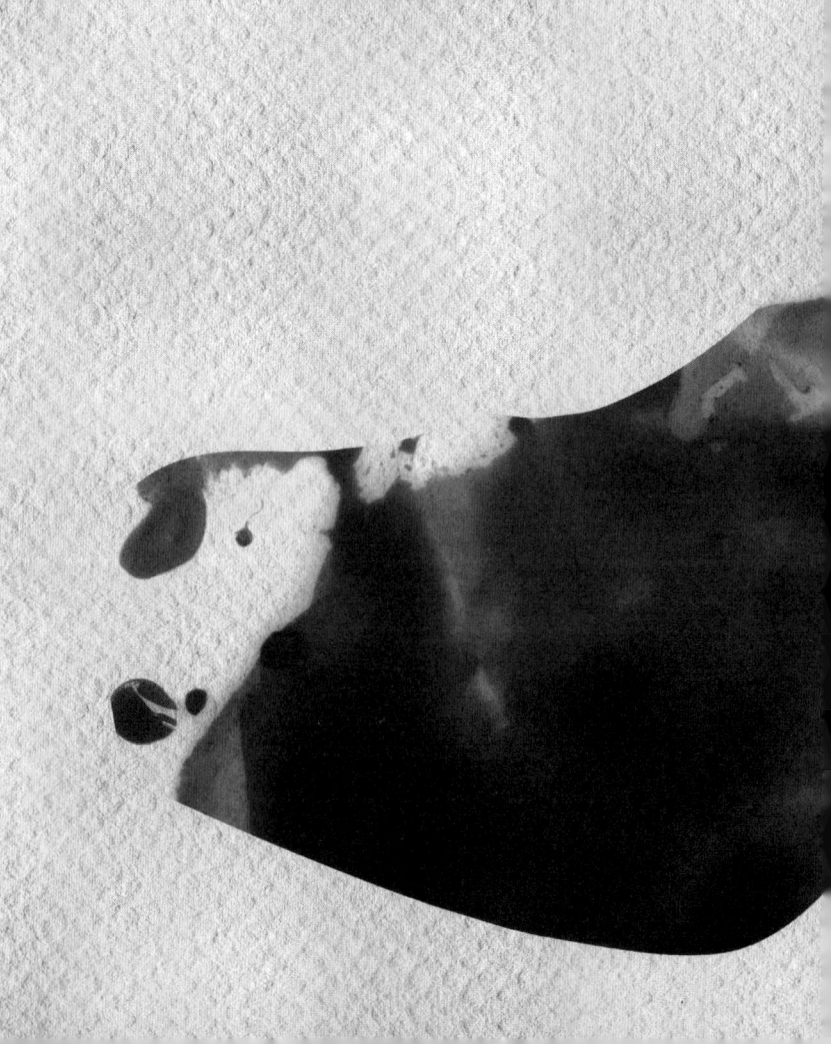

Rodrig Faustino

PRESENTE DE GREGO

ASSIM QUE A SUA MÃE DISSE TCHAU, Renato ligou para a noiva:
— Vem cá, vem — pediu com voz apaixonada. — Estou sozinho, minha mãe saiu e só volta daqui a duas horas. Vem, amor. Vem, por favor.
E Fernanda:
— Não dá, Rê. Tenho mil coisas pra fazer. Vê se entende.
Ele não entendia e não iria desistir. Era um persistente nato. Quando queria alguma coisa, fazia e acontecia até conseguir. Desde criança era assim. *Mãe, eu quero ir para Disney. Mãe, eu quero ver o Mickey. Vamos para a Disney, mãe! Vamos, vamos. Diz que sim. Mãe, tá me ouvindo? Disney! Disney! Disney! Mãe?*
— Eu estou te pedindo, Fer. O que é que custa? Eu tenho uma surpresa para você.
— Tá legal — disse ela, dando-se por vencida. Sabia que seria inútil resistir. — Eu vou dar uma passadinha aí. Mas é rapidinho, tá?
Feliz da vida, Renato respondeu que sim e desligou o celular ao mesmo tempo em que acendia um cigarro. Era o seu primeiro dia de férias. Ele estava se sentindo carente, solitário, sem nada para fazer e ainda por cima excitado à beça. Fernanda trabalhava ali pertinho, era hora do almoço e dia dos namorados. Portanto, o mundo estava conspirando para ele se dar bem.

Levou o Marlboro à boca, esfregou uma mão na outra e foi até o quarto buscar o presente que havia comprado para ela que, se não passasse em nenhum lugar antes, deveria aparecer em no máximo cinco minutos.

Com o pacote em mãos, Renato começou a admirar o laço. Era um belo enfeite, sem dúvida, o embrulho também era de muito bom gosto, assim como o papel de presente em tons fortes. Mas o mais importante era o seu conteúdo. Ali dentro estava uma coisa que ele vivia namorando para Fernanda há tempos, o grande fetiche dele: um maravilhoso par de sapatos de salto alto. Renato não via a hora de vê-la calçada com eles. Sonhava com isso.

— Oi, amor — disse ela logo que chegou, já arrancando a sandália, desabotoando metade da blusa e se jogando nos braços dele. — Eu não posso demorar, hein?

— Eu sei, mas espera um pouco — e entregou-lhe o presente. — É para você. Espero que goste.

Fernanda olhou para o noivo com ternura, ficou na pontinha dos pés, deu-lhe um beijo de agradecimento na testa e começou a abrir cuidadosamente o embrulho. Era caprichosa, não acharia legal se o papel rasgasse.

— Gostar? — disse ela, tentando demonstrar contentamento. — Eu amei.

Mentira. Odiava salto alto, mas sabia que Renato adorava, por isso ela fingiu. Para não machucar, o amor verdadeiro é falso.

— Você gostou mesmo?

— Muito. Te amo, Rê. Mais que tudo — completou, dando-lhe um abraço apertadíssimo.

– Também te amo – disse Renato, realizado. – Experimenta. Você já está descalça mesmo.

– E quase pelada, não é? É que eu pensei que a gente ia...

Os dois riram.

– Uau! Ficaram maravilhosos – dissimulou ela mais uma vez. Não parava de desfilar para o noivo a admirar, mesmo que a contragosto.

– Me dá um beijo – pediu. – Um, dois, três milhões de beijos.

Ele deu. Ela deu. Foi o melhor amor que fizeram em três anos de relacionamento. Depois ficaram leves, cheios de paz.

– Nossa! – disse ela, voltando ao mundo dos mortais. – Eu preciso ir embora. Minha hora de almoçou já acabou.

Renato tocou-lhe o rosto, pegou a sua mão:

– Fica mais um pouco, fica.

– Bem que eu queria, mas não dá. Eu não estou de férias como certas pessoas – disse, rindo, vestindo a blusa e tirando os sapatos novos.

– Você vai tirá-los? – perguntou Renato, decepcionado. – Vai com eles – sugeriu.

– Não. Nem pensar.

Dava-lhe arrepios só de se imaginar andando com eles.

– Por quê? – perguntou ele.

– Não é hora – desculpou-se.

– Vai com eles, amor. Por favor.

– Acho melhor não – disse ela, descalça.

– Eu te peço – disse ele, ajoelhando-se. Pegou os sapatos e, com um olhar de cachorro sem dono, entregou para ela. – Põe, vai. Eu te imploro.

— Não, Renato.

— Põe — ele pediu com aquele tom de voz que ela sabia que não iria conseguir contrariar. — Você vai ficar linda. Mais ainda. Põe! Põe! Põe!

— Mas usar para trabalhar?

Ela não queria colocá-los e ainda tinha uma tola esperança de que ele desistisse da ideia. Como se não o conhecesse.

— O que é que tem? Aproveita para mostrar para tuas amigas.

— Eu tenho medo de estragar. Usar para trabalhar um sapato tão chique assim chega a ser pecado. Esses sapatos são apenas para sair e olhe lá.

— Bobagem — disse Renato. — Se eu fosse você, iria com eles. Pelo menos hoje.

— Tá bom — concordou ela, finalmente. — Acho que você tem razão. Você me convenceu. Você sempre me convence, não é? Por mim eu não iria, mas já que você quer, eu vou.

Ela calçou os sapatos novamente e disse:

— Eles são tão lindos que não dá vontade de tirar mesmo — mentiu de novo, só para fazê-lo feliz.

Então, já vestida, Fernanda pegou a bolsa e tirou de dentro um pacotinho retangular.

— Agora é a minha vez. O meu presente é bem mais humilde, mas é de coração, como dizem. Que frase brega, hein! — e riu. Os dois riram.

— Ah, sua boba, não precisava se preocupar.

— É um cinto. Só um cinto.

— Estou vendo — disse ele, desembrulhando o pacote. — É muito bonito.

– Espero que você use logo. Porque como você está vendo, eu já estreei o presente que você me deu – disse ela, dando uma voltinha. O que não fazia por ele...

– Claro. Prometo que vou usá-lo assim que tiver uma oportunidade. Hoje quem sabe. A gente vai sair, não vai?

Os dois despediram-se com sofreguidão, trocando carícias no rosto e declarações de amor.

Renato fechou a porta e foi para a sacada do prédio, ele morava em um apartamento no segundo andar. Como sempre, queria ver Fernanda ir embora. Toda vez que ela saía, ele ficava espiando, admirando-a. Ela abanava a mão, jogava-lhe dois beijos, atravessava a rua e virava a esquina, sumindo da visão dele.

Porém naquele dia não foi o que aconteceu. Fernanda estava caminhando com dificuldade, mas ele achava charmoso. Ela parou, olhou para Renato e mandou-lhe vários beijos. Depois, distraída, resolveu atravessar a rua. O salto do pé direito dela engachou em um pequeno vão, entre dois paralelepípedos e ela tombou. Tentou se levantar, mas não conseguiu, o pé estava aprisionado. Um ônibus vinha correndo, Fernanda invocou todas as suas forças para conseguir se erguer. *Vamos, vamos!* Em desatino, com o coração amedrontado, insistiu: Vamos! Vamos! Vamos!

De nada adiantou. A velocidade colheu o corpo de Fernanda e a atingiu em cheio. O motorista só conseguiu brecar depois de ter esmagado o tronco e membros, passando inclusive por seus tornozelos. O impacto foi brutal, mas os sapatos não sofreram um arranhãozinho sequer. Mantiveram-se belos e reluzentes.

Renato assistiu a tudo, incrédulo e pasmo, sem poder fazer nada a não ser gritar com os braços estendidos como se fosse capaz de salvá-la. Atônito, soluçava forte.

Cambaleante, como se o ônibus tivesse passado por cima dele também, dirigiu-se para o quarto com o presente da namorada nas mãos. Decidiu estreá-lo imediatamente. Fez os devidos preparativos, subiu em uma cadeira e depois de um ou outro ajuste, envolveu o pescoço com o cinto, apertando o mais forte que podia, feito a dor que sentia. Precisava encontrar Fernanda o mais rápido possível, para ajoelhar-se aos seus pés, tirar seus sapatos e pedir-lhe perdão.

Perdoa! Perdoa! Perdoa!

A mãe de Renato chegou dez minutos depois e já abriu a porta chorando.

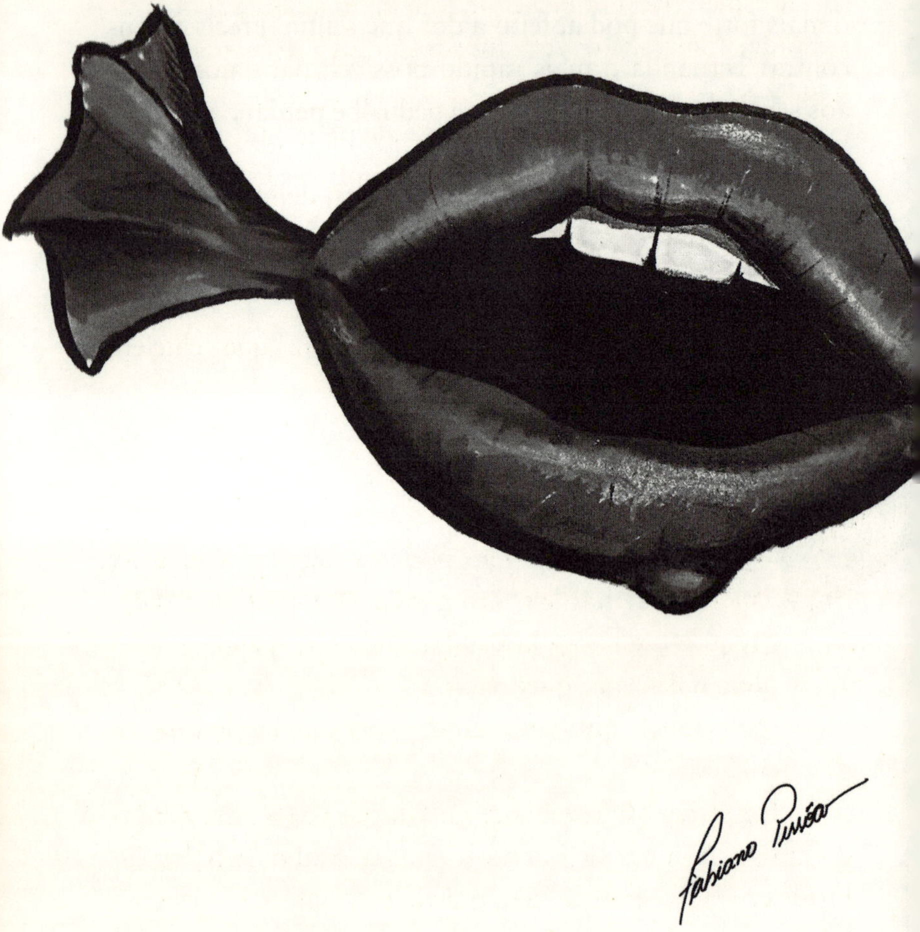

POSSO TE DAR UM BEIJO?

O TARADO SE APROXIMOU DA MENINA e tentou criar um vínculo:
– Quer um bombom?
Mesmo aparentando estar com água na boca, doida de vontade, a loirinha de seis anos respondeu, educadamente, que não.
– Não quer mesmo? – ele tornou a perguntar.
– Não. Obrigada. Se eu comer bombons agora, eu não janto.
O tarado guardou o sonho de valsa no bolso e ofereceu chicletes.
– Não quero. Mamãe diz que chiclete estraga os dentes.
– Sua mãe não sabe de nada.
– Você é que não sabe.
O tarado arrependeu-se de ter perdido o controle. Sabia que não poderia ofender a mãe da menina, se não ele não ganharia a confiança dela. Tentou uma nova investida. Mais inteligente:
– Nem balas você quer então?
– Não. Será que você ainda não entendeu que eu preciso jantar?
– E guardar? Que tal você guardar as balas para depois do jantar? Toma – ele estendeu um pacotinho de balas coloridas para a menina. – São pra você.

Ela pegou. Era louca por balas. De menta, principalmente. De abacaxi também. O pacote estava cheio delas.

— Se é para guardar, me dá o bombom e o chiclete também — disse ela, com um olhão desse tamanho. Aquela menina era esperta, muito sabida e viva. Ah, e gulosa. O tarado ficou imaginando umas coisas.

— Tá legal — disse ele. — Mas não exagera no chiclete porque...

— Chiclete estraga os dentes, eu já sei — ela disse, com um jeitinho meigo.

O tarado soltou um suspiro, pregou os olhos na menina. Estava bem perto dela. Podia sentir o frescor de sua pele, o cheiro de seus cabelos, o hálito infantil... Se estendesse um pouquinho os braços, só um pouquinho, daria para tocá-la, daria para ter a menina sob o seu total domínio. E o bom é que estavam sozinhos. Completamente sós.

— Posso te dar um beijo? — ele pediu, vidrado.

A menina olhou para ele timidamente. Era muito bonita. Ele não aguentaria muito tempo.

— E aí? Posso te dar um beijo? — ele perguntou novamente, levemente descontrolado pelo desejo, passando a língua nos lábios. Garanhão no cio.

— Um beijo? — perguntou ela com uma vozinha fina, doce.

— É — confirmou ele, tomado pela loucura do desejo insano, repugnante.

— Pode — consentiu ela. — Mas só um.

— Só um — repetiu ele, vibrando, rindo por dentro. — Prometo.

O tarado ficou eufórico. Ele iria beijá-la, e de início, sob o consentimento dela. Conseguiu, ela havia deixado. Então, ele chegou mais perto e foi aproximando a boca daquele corpinho indefeso, daquela bochecha rosadinha. Tascou-lhe um beijo violento, e outro e outro, até começar a agarrar a menina em um abraço de urso e lamber-lhe a face. Babava.

– Para – a menina gritou. – Você está me machucando!

Mas ele não ouvia mais nada.

– Para – a menina pedia, chorando. – Para, por favor. Para, papai!

Alertada pelos gritos da filha, a mãe de Mirella entrou na sala correndo, e vendo aquela cena bizarra e asquerosa pegou um pesado cinzeiro de vidro (presente de sua avó) que estava na mesinha de centro e partiu para cima do marido deixando-lhe desacordado com a pancada.

Agora não tinha mais jeito, o que era apenas uma desconfiança se confirmara, Helinho era um maluco mesmo e o negócio era denunciá-lo. Feitas as investigações, descobriram que ele tinha sido o responsável por, pelo menos, quatro atentados violentos ao pudor. Todos na vizinhança.

Quando o tarado foi preso, o bandido líder da cadeia, conhecido como El Torero, um branquelo de dois metros de altura, bíceps de dar medo até em metralhadora e com os dentes deteriorados pelo excesso de doce e ausência de higiene, foi recepcioná-lo carinhosamente:

– Posso te dar um beijo? – perguntou. – Só um.

Antes que o tarado pudesse responder, a boca do marginal já estava colada na dele.

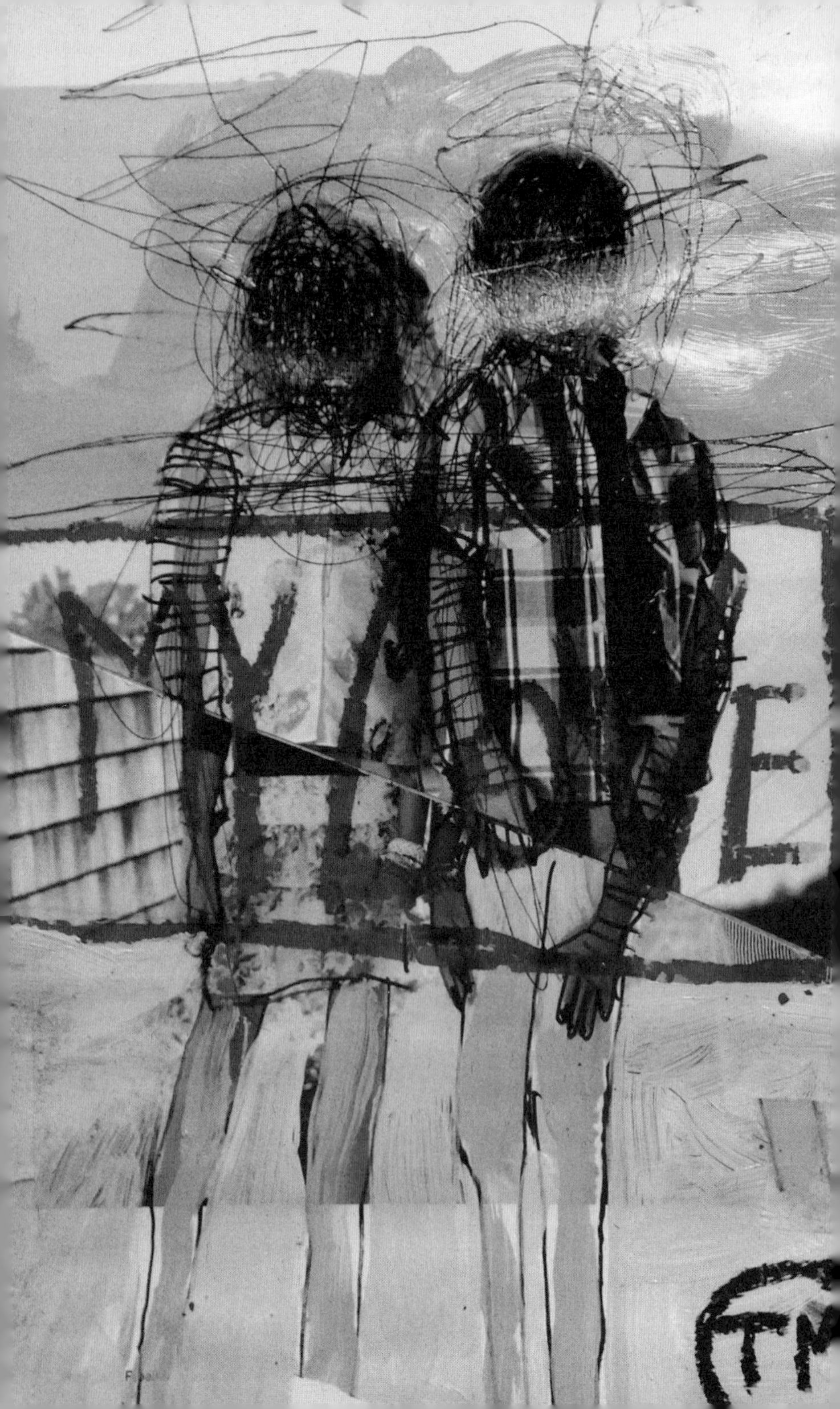

CARA DE UM, FOCINHO DE OUTRO

NUNCA HOUVE NO MUNDO amor como o de Donald e Margô. Tanto seus amigos como os poucos inimigos eram unânimes em afirmar que não conheciam – nem no cinema americano, nem na literatura erótica – um casal mais apaixonado. Viviam um para o outro, vinte quatro horas por dia, mais grudados do que gêmeos siameses.

Faziam piqueniques frequentes no parque, iam à igreja todo domingo, ao restaurante do Vavá todo sábado, ao motel toda sexta, ao sex shop toda quinta, ao cinema toda quarta.

Trocavam bilhetes apaixonados todos os dias, massageavam-se mutuamente e espremiam espinhas um do outro nas segundas e terças-feiras. Tudo dentro da maior alegria e naturalidade.

O amor dos dois era inabalável. Bonito de ver.

Seguindo o fluxo normal da vida, Margô convidou Donald para conhecer seus pais. Eles estavam pensando em casar e queriam a bênção deles.

Viajaram em um domingo de manhã para Piracicaba, cidade natal dos pais de Margô. Ela tinha vindo para Ribeirão Preto estudar Farmácia e ele era veterinário há três anos. Tinha uma clientela razoável.

– Mãe, esse é o Donald, de quem eu tanto falo – Margô o apresentou, toda orgulhosa.

Dona Alzira gostou do rapaz. A primeira impressão que teve dele bateu direitinho com tudo o que a filha lhe descrevera nas conversas pelo telefone, nos quilométricos e-mails e no bate-papo via Internet... Donald era um rapaz loiro, educado, gentil, espirituoso e muito bonito, apesar do nariz enorme.

– Que bom te conhecer, Donald – Dona Alzira disse para o namorado da filha e depois de um breve palavreado com o rapaz, completou: – Pelo que estou vendo vocês foram feitos um para o outro mesmo. Não se desgrudam um segundo. Nunca vi.

E disse para Margô:

– Parabéns, meu anjo. Gostei muito do seu futuro marido. Escolheu bem.

– Eu também gostei muito da senhora, dona Alzira. Muito mesmo – Donald apressou-se em elogiar. – Ainda mais depois de comer este pão de queijo maravilhoso que a senhora fez. Aí é covardia, quem não gosta? A senhora me seduziu com graça e sabor.

Todos riram e tudo ia às mil maravilhas, conforme o previsto, até que o seu Luiz finalmente terminou o seu demorado banho e foi para a sala.

Assim que Donald bateu os olhos no pai de Margô, a sua expressão mudou. Deu um sorriso amarelo, tentou ser simpático, disfarçar o susto, mas não sabe se foi feliz. Calma, pensou. Precisava ter sangue frio.

– Ora, ora, esse é o famoso Donald, o felizardo que conquistou o coração da minha linda filha – seu Luiz cumprimentou-o efusivamente. – Muito prazer. E cuide bem dela, hein?

Não, seu idiota, vou tratá-la mal. Donald teve o ímpeto de dizer, mas calou-se.

Seu Luiz sentou-se e pediu:

– Filha, vá buscar uma cerveja para o seu pai. Daquelas bem geladas que eu tanto gosto. Toma cerveja, Donald? Melhor sem álcool, não é? É. Vocês vão pegar a estrada depois. Não podem abusar.

Donald fez que sim com a cabeça.

Margô olhou para o namorado e percebeu que havia alguma coisa de errado. Só não sabia o quê. Tentou não pensar nisso, foi e voltou à cozinha inúmeras vezes para pegar bebida, alguns petiscos e para ver se conseguia distrair-se.

Depois de algumas cervejas e um papo até certo ponto amistoso (apesar de bastante transtornado, Donald conseguiu se controlar, escondendo seus sentimentos com sucesso), seu Luiz disse:

– Belo rapaz, minha filha. Você fez uma grande escolha. Eu te eduquei direitinho mesmo, hein? Haha, quer dizer, nós te educamos. Eu e a sua mãe. Tomara que vocês sejam muito felizes.

– Seremos, pai. Seremos.

Despediram-se e marcaram um novo encontro para o próximo mês. Ah, sim, seu Luiz e dona Alzira completariam bodas de prata e essa data seria mais do que propícia para Margô e Donald marcarem o dia do casamento deles.

No caminho de volta o clima não era de alegria. Pela primeira vez, Donald e Margô se sentiam pouco à vontade um com o outro.

– O que foi, Donald?

– Nada – ele desconversou.

– Como nada? Você está quieto, diferente, distante. O que aconteceu?

– Já disse que não foi nada – respondeu ríspido, trocando de marcha e pisando fundo. Não via a hora de chegar a Ribeirão Preto.

– Claro que foi. Você não é assim. Nunca existiram segredos entre a gente. Pelo menos que eu saiba. O que foi, me diz? Você não gostou da minha família?

– Não é isso. É que... melhor não falar nada.

Ele aumentou o som do rádio. Ela diminuiu.

– Pode dizer.

– Quer saber mesmo?

– Claro.

– É o seu pai.

– Eu sabia. Sabia que era alguma coisa com ele. Quando ele apareceu você mudou da água pro vinho. Qual é o problema com meu pai? Ele não te agradou, por quê?

– Eu não fui com a cara dele.

– Como não? O meu pai é uma pessoa tão boa. Eu amo meu pai de paixão.

– Margô, o SEU pai, presta atenção, é a cara do cara que assassinou o MEU pai, entendeu agora?

– Como é que é? Meu pai? – ela, aturdida.

– É. Ver ser pai foi horrível, foi como reviver cada momento daquele dia. Não gosto nem de lembrar.

Quando tinha oito anos, dois marginais invadiram a casa de Donald, mataram seu pai e fizeram uma série de barbaridades com toda a família. Margô sabia do trauma que Donald carregava por isso. Mil médicos, análise, terapia das cores, musicoterapia, yoga, florais de Bach, lutas marciais e um horror tão grande a sangue que quase atrapalhava sua carreira de veterinário.

Margô balançou a cabeça.

– Meu pai é a cara do assassino do seu pai. Não dá para acreditar. Não dá. Que infelicidade.

– Pode acreditar. É a mais pura verdade.

– E agora?

– Agora? Agora, Margô, eu acho que não tem mais jeito, acho que a gente tem que dar um tempo, sei lá, termi...

– Nem pense nisso, Donald! Que culpa eu tenho disso? Eu não sou culpada por meu pai ter...

– Não estou falando em culpa. Só que não posso me casar com a filha do homem que é a cara do desgraçado que matou meu velho.

– Mas só porque eles são parecidos não significa que a gente tem que terminar.

Ela suspirou e ofereceu uma bala de cereja para ele. Donald recusou e disse:

– Não se trata de serem parecidos. Eles são idênticos. Idênticos. O mesmo olhar cansado, o mesmo sorriso cínico, as mesmas sobrancelhas arqueadas, tudo, tudo. Até a cicatriz no canto esquerdo da boca. É demais. É incrível. É coincidência demais.

– Do jeito que você está falando parece até que você desconfia do meu pai.

– É, dá para desconfiar. Se eu não soubesse o nível de vida que vocês têm... Me dá uma bala, agora eu quero.

Margô deu. Ele continuou:

– Mas me diz uma coisa, onde seu pai estava no dia 26 de abril de 1995, entre nove da noite e duas da manhã?

– Sei lá, Donald. Que pergunta. Isso é um interrogatório? Eu tinha quatro anos. Não me lembro.
– Tudo bem, seu pai não era. É loucura pensar nisso, mas seu tio talvez.
– Que tio?
– Margô, para o assassino do meu pai ser tão parecido com o seu pai, e não ser seu pai, só pode ser o irmão gêmeo dele.
– Não fala besteira, meu pai é filho único.
– Certeza?
– Absoluta. Para com isso, Donald. Olha pra mim.
– Não dá. Eu estou dirigindo.
– Então para esse carro.
Ele parou, estacionou no acostamento e olhou para ela. Margô:
– Escuta, eu não vou te perder só porque meu pai teve a infelicidade de nascer parecido com esse bandido. De ser seu sósia, sei lá. Eu te amo, Donald.
– Eu também. Mas já pensou como eu vou me sentir cada vez que olhar para seu pai? Na igreja, quando eu estiver no altar te esperando? Na nossa casa, toda vez que ele for nos visitar? E o pior, vai que o nosso filho nasce puxando o avô... Não dá. Desculpa, mas não dá.
– Claro que dá. Eu te amo.
– Margô, eu lamento.
– Tem que ter um jeito, tem que ter – ela enxugou as lágrimas.
– Infelizmente eu não vejo saída.
Ela tirou o cinto de segurança, passou a mão esquerda no rosto dele, aumentou o rádio com a mão direita (tocava

uma música romântica) e inclinou-se para beijá-lo. Antes, porém disse:

— Já sei! — os olhos dela brilharam. — Já sei!
— O quê?
— Já sei, Donald, é isso. Eu peço para o meu pai operar.
— Operar?
— É. Fazer uma operação plástica, mudar de rosto, de fisionomia, entendeu?
— Você pirou.
— Não pirei. É uma ótima ideia.
— Margô, você acha que seu pai vai concordar com um absurdo desses?
— Absurdo é a gente se separar. Meu pai me ama, e eu tenho certeza que ele fará qualquer coisa para me ver feliz. Qualquer coisa. E se isso significa fazer uma operação plástica, então ele fará, sem problemas.
— Sei não, você está maluca.
— Deixa comigo. Amanhã mesmo eu volto para Piracicaba e resolvo essa situação. Está decidido. Agora me beija, Donald. Amanhã eu vou para a minha casa e resolvo tudo. Quer outra bala? Toma, da minha boca.

• • •

De volta a Piracicaba, Margô, entre crises de choro e gargalhadas histéricas, explicou para o pai toda a situação, o quanto amava Donald, o quanto eles foram feitos um para o outro, o quanto não podia ficar sem ele senão morreria, e o pai não teve alternativa a não ser concordar com aquela ideia estapafúrdia de plástica. Dona Alzira é que achou bom, deu a maior força, pois achava que o maridão estava precisando de uma recauchutagem mesmo. Andava meio caidinho ultimamente.

Marcaram a operação para dali a três semanas e o casamento para dali a oito.

● ● ●

— Estou louca para ver meu pai. Minha mãe disse que ele ficou o máximo. Viu só como há males que vêm para bem?

Donald estava sem graça. *Imagina, fazer o seu sogro operar só porque... quer dizer, não era só, mas... melhor nem pensar, melhor dirigir e chegar logo a Piracicaba. E ver no que isso vai dar de uma vez.*

Margô não parava de falar.

— Ah, Donald, minha mãe disse que meu pai está tinindo, supercontente.

E estava mesmo. Tinha rejuvenescido uns bons anos e até fizera um regiminho para perder os quilinhos extras. Dona Alzira é que estava contando isso para eles. Foi recepcionar Margô e Donald na porta, assim que ouviu o barulho do carro.

— Seu pai está lá dentro. Quer fazer surpresa, está parecendo uma criança de tão alegre com o novo visual.

Seu Luiz gritou:

— Preparem-se, meninos. Eu já vou sair.

— Vem logo, pai — Margô ria.

Donald não sabia onde enfiar a cara, constrangido. Era uma vergonha só.

— Atenção, gente. Lá vou eu. Um, dois, três e... tchan, tchan.

Então apareceu em grande estilo, abrindo os braços, sorriso largo, como se fosse uma grande atração de circo.

– E aí, como estou? – perguntou envaidecido, fazendo pose.

– Pai! O senhor está demais. Lindo, lindo – respondeu Margô, com as mãos no rosto, surpresa e orgulhosa. – Não é, Donald?

– Não! – respondeu ele, para espanto e decepção de todos. – Seu pai ficou um horror. Um horror!

E partiu para cima de seu Luiz com toda a força e raiva que tinha, gritando enfurecido:

– Seu cínico desgraçado. Eu te mato! Agora você ficou com a cara do estuprador da minha mãe. O estuprador da minha mãe, Margô!

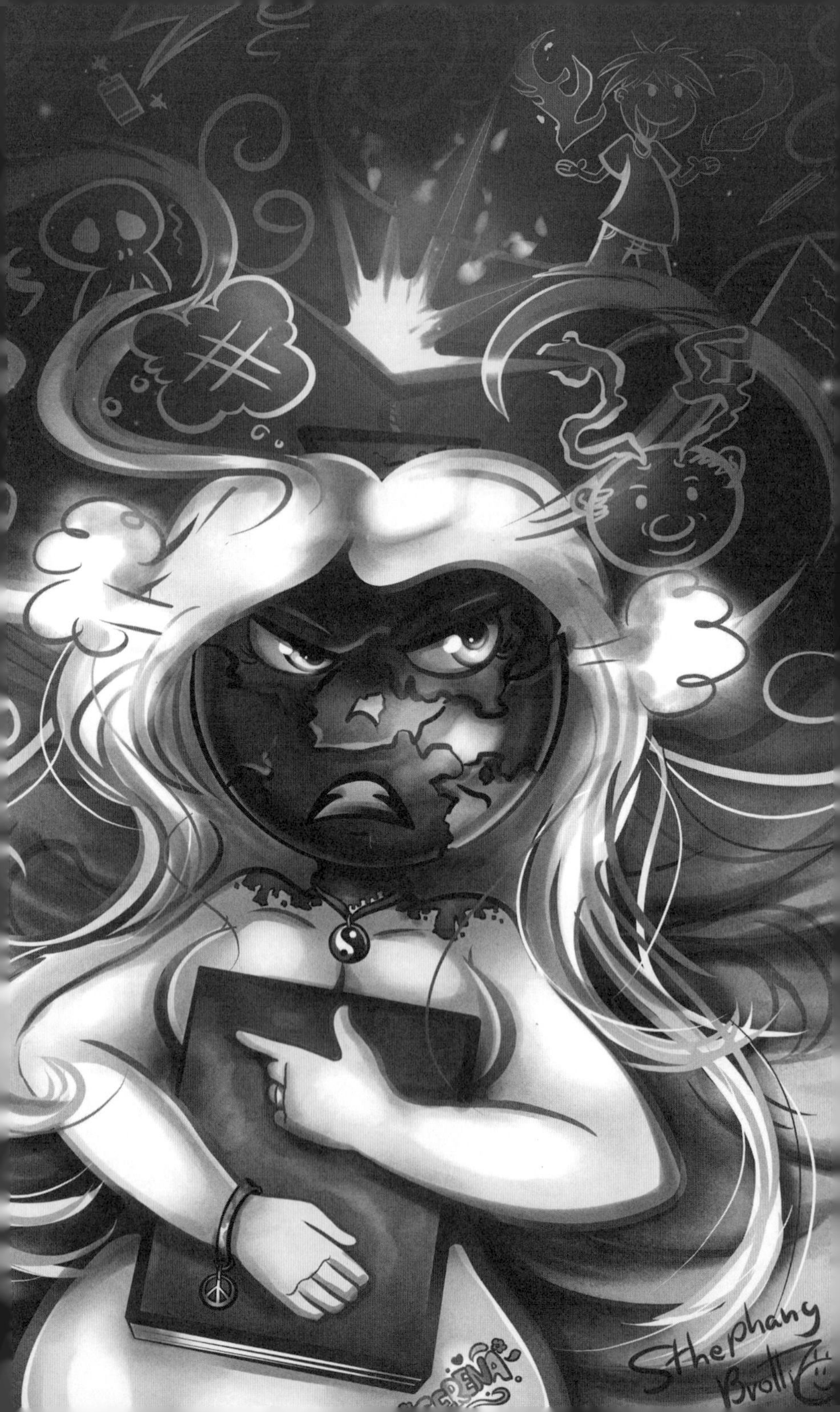
Sthephany Brotti

FACULDADE DE CIÊNCIAS NERVOSAS

Serena não faz jus ao nome.
É agitada, ansiosa.
Desassossegada, destrambelhada.
Fogosa, fogueteira.
Intranquila, inquieta.
Neurótica, nervosa.
Preocupada, presunçosa.
Zombeteira, zureta.
Um poço de desejos e emoções.
Uma pilha de nervos ambulante que anda com a bateria sempre tão carregada na potência máxima e a mil por hora que quem chega perto toma choque e perde o fôlego, enquanto ela perde as estribeiras e ganha contornos de pessoa feroz, possuída por uma raiva gratuita, mas que faz os outros pagarem o pato mesmo assim.

Por isso, sabiamente, o seu namorado prefere chamá-la de Celena. Argumenta que é o mais correto. Afinal, devemos respeitar os vocábulos, a terminologia correta da língua portuguesa. Ora, seria muita ironia, cinismo do grande, chamá-la pelo seu nome verdadeiro. *Ela é serena onde, me explica?*

Apesar de seu temperamento explosivo, ela não liga muito, chega até a divertir-se um tiquinho com isso e, em retribuição, o chama de Cebolinha por causa da troca do r pelo l, por seus cabelos espetados e ralos e pelo mau hálito incorrigível.

A época é de vestibular e Celena está mais taquicardíaca do que nunca, vive com os livros para cima e para baixo. Seus conflitos com Cebolinha são diários. Quase de hora em hora. E cada vez mais sérios.

– Celena, relaxa – ele pede.

– Não consigo! – ela grita, nervosa. – Acho que não vou passar na porcaria desse exame. Tenho certeza que não vou. Como então eu vou conseguir relaxar?

– *Clalo* que vai – Cebolinha incentiva. – Você está estudando, não está?

– E do que isso adianta? Quanto mais eu estudo mais nervosa e estressada eu fico.

– Você não pode pensar assim. Tem que ter pensamento positivo.

– Pensa que é fácil? – ela berra, irritada.

– Você não pode ficar desse jeito.

– Você fala assim porque já entrou na faculdade, não é? É mais experiente que eu. Então está aí numa boa, todo tranquilão.

– Não é isso. Eu estou assim porque eu gosto de você e acho que você *plecisa* manter a calma. É isso.

– Calma? E quem está nervosa aqui?

– Ninguém, ninguém – Cebolinha contemporiza.

Ela levanta da cama, prende o cabelo com uma fivela, põe os sapatos e grita:

– Sabe de uma coisa? Eu vou embora.

– Mas nós mal chegamos, nem *tlansamos* ainda.

Esqueci de dizer que eles estão no motel. Local que frequentam pelo menos duas vezes por semana.

– Hoje eu não estou bem. Será que você não está vendo? – ela pergunta, brava. Depois continua mais controlada. – Além do mais, preciso ver meu neto. Ele chega hoje de viagem.

Esqueci de dizer também que Celena é casada, avó e tem sessenta e nove anos. Cebolinha tem dezenove, é piromaníaco e colecionador de objetos antigos. O pai dele tem um antiquário.

Celena vai prestar vestibular pela primeira vez. Quer fazer psicanálise, exatamente para entender por que é tão nervosa, por que trai o marido assim sem qualquer sentimento de culpa (pelo contrário, sente sete pontadas de prazer no ponto G quando faz isso) e principalmente por que uma senhora da sua idade ainda quer (quer porque quer, encasquetou de verdade) fazer faculdade para entender certas coisas que nem sequer figuram em nenhum currículo escolar do planeta e que no fundo, no fundo, são mesmo totalmente inexplicáveis.

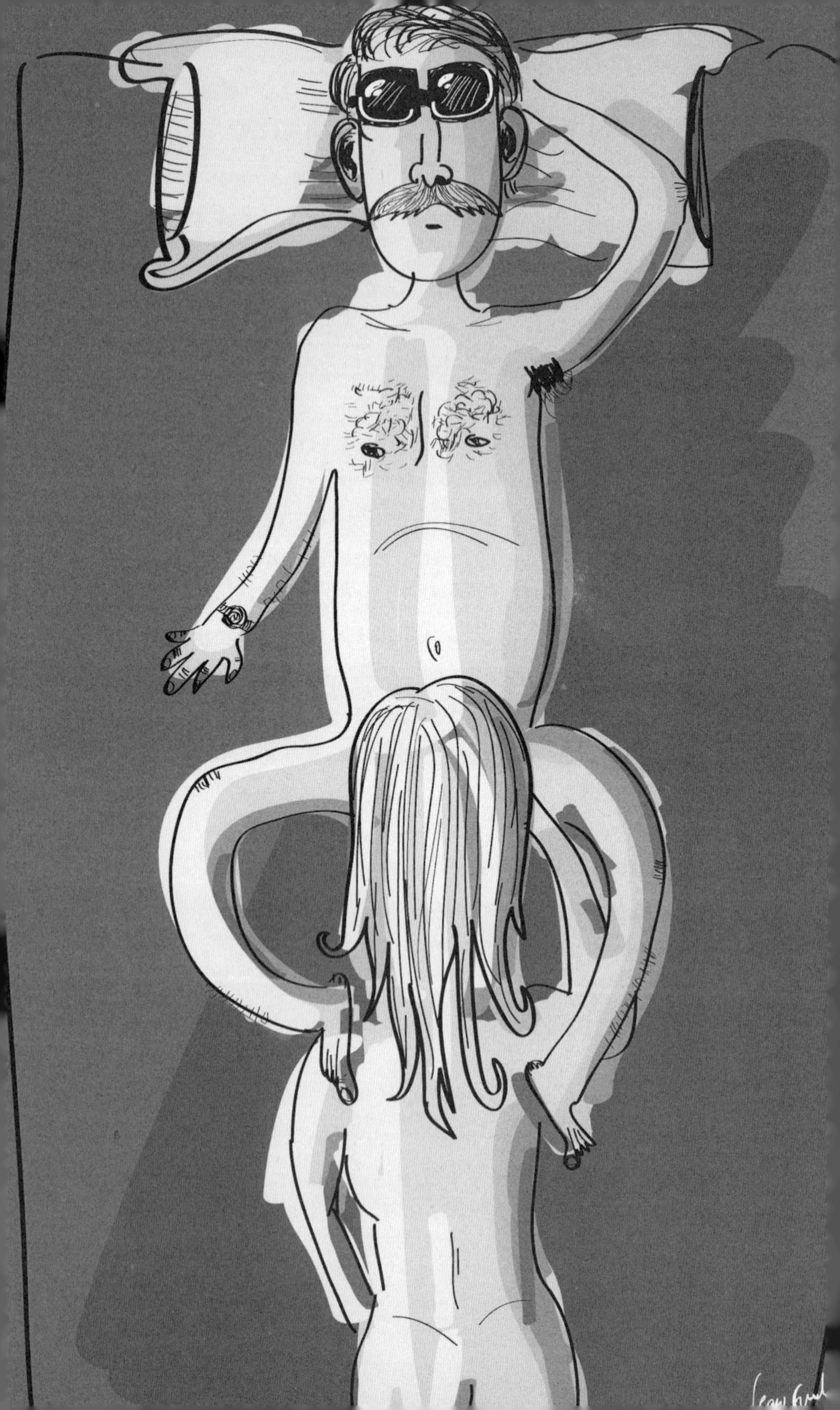

DUAS CONFISSÕES, UM CATACLISMO NUCLEAR

FICOU UM TEMPÃO RODEANDO A ESPOSA. Apesar de estar pintando as unhas dos pés com um esmalte importado e totalmente novo, ela percebeu e tomou a iniciativa:
— Fala.
— Falou comigo, amor?
Estendendo a perna para admirar a qualidade e o capricho do seu serviço, ela respondeu:
— Não. Estava falando com o meu pé. É que ele está tão bonito com essa cor que só falta falar — e recolheu a perna lentamente, de um jeito sensual, todo seu.
Flávia era muito vaidosa e bonita, mas ele ignorou a beleza e a ironia da esposa e sem mais rodeios resolveu contar tudo:
— Tenho duas coisas para te falar.
— Mas que ótimo! Vou ligar para o meu pai e avisar para ele recolher os passarinhos.
— Para quê?
Ela debochou:
— Hoje vai chover, com certeza. Faz tanto tempo que não conversamos.
— Tem razão — concordando e fazendo cara solene, acrescentou: — Mas hoje eu tenho duas notícias pra te dar.
Fazendo pouco caso, ela disse:
— Comece pela boa. Tive um dia cheio hoje.
— As duas são ruins.

Ele se sentou ao lado dela e ficou observando os dedinhos do pé. Tão bonitinhos, dava vontade de acariciar um por um, beijar talvez, mas o esmalte... medonho!

Por um momento, ela parou de pincelar as unhas e olhou para o marido.

– Caramba, nem para ser normal como os outros você serve? Você tem que complicar tudo ou não é você, não é? Todo mundo que tem duas notícias para dar, sempre tem uma boa e uma má, mas você não. Tem que ser diferente sempre. E para pior, o que é pior.

Antes que ele pudesse dizer qualquer coisa, ela mandou:

– Comece pela menos ruim, então.

– Eu não sei.

– Então comece pela pior, você é quem sabe – disse ela, já perdendo a paciência.

– Eu não sei hierarquizar. Sou meio ruim para dar valor às coisas.

Depois que falou, ele se arrependeu, mas já era tarde.

– Ah, isso eu sei. Sei muito bem, melhor do que ninguém – ela lhe deu uma bela alfinetada.

Ele fez que não ouviu.

– É que eu não posso ser injusto com as notícias. Não posso atribuir valores diferentes para cada uma. Em minha opinião, as duas têm o mesmo peso e medida, se equivalem em ruindade – após pensar um pouco, corrigiu. – E na verdade, não são bem notícias. São duas confissões.

Pronto. Que casamento resiste a duas confissões? Uma, vá lá. Mas duas? Feitas pela mesma pessoa e ao mesmo tempo? Problemas. Seríssimos problemas à vista.

— Credo! Você está me assustando. Para de fazer suspense. Você está me deixando nervosa. Diz logo, conta tudo de uma vez – ela pediu.

— Eu vou dizer, mas não quero que você fique pensando que é a pior, nem a melhor das notícias tá? Quero dizer, das minhas confissões. Eu vou fazer um sorteio no meu cérebro pra ver qual eu digo primeiro e aí eu deixo o julgamento para você.

— Já entendi – disse ela, aflita.

— Tá, mas qual eu digo primeiro?

— Se eu soubesse, você não precisaria me dizer.

— Tem razão, foi força de expressão.

— Então por que você não fala logo de uma vez?

— Mas é que eu não consigo sortear de cabeça. É muito complicado para mim. Sabe de uma coisa? Acho que vou escrever as duas confissões em uns papeizinhos, aí você tira um. Assim eu não corro o risco de favorecer qualquer uma delas. Deixo tudo para sorte. Não é uma boa ideia?

E foi pegando uns papeizinhos, escrevendo e dizendo:

— Não vale olhar, ok?

Tirando a caneta da mão dele e olhando bem nos seus olhos, ela disse, firme:

— Para com essa besteira, fala.

— Ó, é o seguinte...

— Desembucha! – berrou ela.

— Não sei se tenho coragem. Não consigo.

Ela estava irritadíssima:

— Mas você é um homem ou o quê?

— É isso.

Silêncio. Ela procurando os olhos dele. Ele procurando um ponto de apoio com o olhar. Ela não achou nada. Ele achou um vasinho de violeta que Flávia havia ganhado da irmã e ficou olhando fixamente para as pétalas da flor: murchas e rosas. Levantou-se tenso. Andando de um lado para o outro, agitado.

– É isso, obrigado por me ajudar. Não sei se sou homem. Pelo menos, não do jeito que eu acho que você queria que eu fosse e do jeito que eu acho que deveria ser. E do jeito que meu pai me criou e da maneira que a Igreja Católica ensina e do jeito que a natureza fez a gente e do jeito que...

– Chega! – ela gritou. – O que você está dizendo? Dá para ser mais direto?

Ele não tinha saída e repetiu o que já havia dito para ganhar tempo.

– Eu ia te contar exatamente isso: não sei se sou homem.

Ela estava a ponto de ter um troço. Com as mãos na cintura, cara de aliviado, ele desabafou:

– Pronto, falei. Agora não tem mais volta.

– O que não tem mais volta?

– Isso que eu te contei.

– Ah, não. Não me diga – Flávia estava descontrolada. – Quer dizer que eu me casei com um gay? Já não chega tudo o que você me faz passar diariamente? Não? Ainda mais essa? Eu me casei com um gay?

– Eu disse: eu acho. Não tenho certeza – ele disse, batendo os pés, tal qual uma criança mimada quando é contrariada.

Ela estava tão confusa que nem via mais o que estava fazendo, mesmo assim não parava quieta. O esmalte estava no tornozelo e subia perigoso pelas canelas.

— Só me faltava essa! Um gay. Ou será que o termo correto é bissexual?

— Não é isso. Eu apenas falei que acho que não sou homem. Eu acho.

— Mas acha por que, meu Deus? O que você anda fazendo?

— Eu vou explicar: quando eu era criança eu fazia umas coisas, mas só quando criança, umas poucas vezes, compreende?

— Não. Não mesmo — o esmalte agora tinha tomado conta da canela e se aproximava implacável pelo joelho.

Ele dirigiu-se para o vaso de violeta e começou a desfolhar uma flor.

— Bem-me-quer, malmequer...

— O que você está fazendo? — ela perguntou perplexa, com início de água nos olhos.

Ele parou.

— Nada. Foi só quando criança e eu havia superado isso. Mas é que ontem aconteceu.

— O quê? O que aconteceu ontem, criatura?

— Ontem eu acordei suado, depois de uns sonhos estranhos. Sonhos com homens. Fiquei excitado. Achei bom ter sonhado com isso. Aí para piorar, justamente ontem, vê como é a vida...

A decepção no rosto dela dava medo, mesmo assim ele contou tudo. Foi até o fim, dando detalhes do sonho, dos seus pensamentos, do seu dia a dia.

— Como eu posso entender isso? Como? — perguntou ela, desnorteada.

Ele nada falou, só abaixou a cabeça.

— Se ao menos você tivesse certeza da sua sexualidade... mas nem isso você diz que tem. Você está cheio de dúvidas e me deixa confusa também, sem saber o que fazer – ela desabafou, esmalte na coxa, correndo para o umbigo.

É mais forte que eu, ele pensou em dizer, mas preferiu roer as unhas. Então ela se lembrou:

– E a outra confissão? O que pode ser pior que isso?

– Eu não disse que é pior, disse que as duas confissões eram ruins. Você nem sabe de tudo e já está achando uma melhor que a outra. Já está fazendo um julgamento precipitado.

– Cala a boca! Para com essa ladainha, essa tortura, de uma vez por todas!

Ele se justificou:

– Tá legal, calma. Eu vou contar antes que alguém conte. Prefiro que você ouça da minha própria boca em vez de ouvir da boca dos outros.

– Estou esperando.

Coçando a cabeça, com a voz quase inaudível e na rotação mínima, ele confessou:

– Comi a sua irmã.

A essa altura, o esmalte já estava na testa dela, desenhando marcas bem conhecidas, chifres indígenas. Símbolos de guerra.

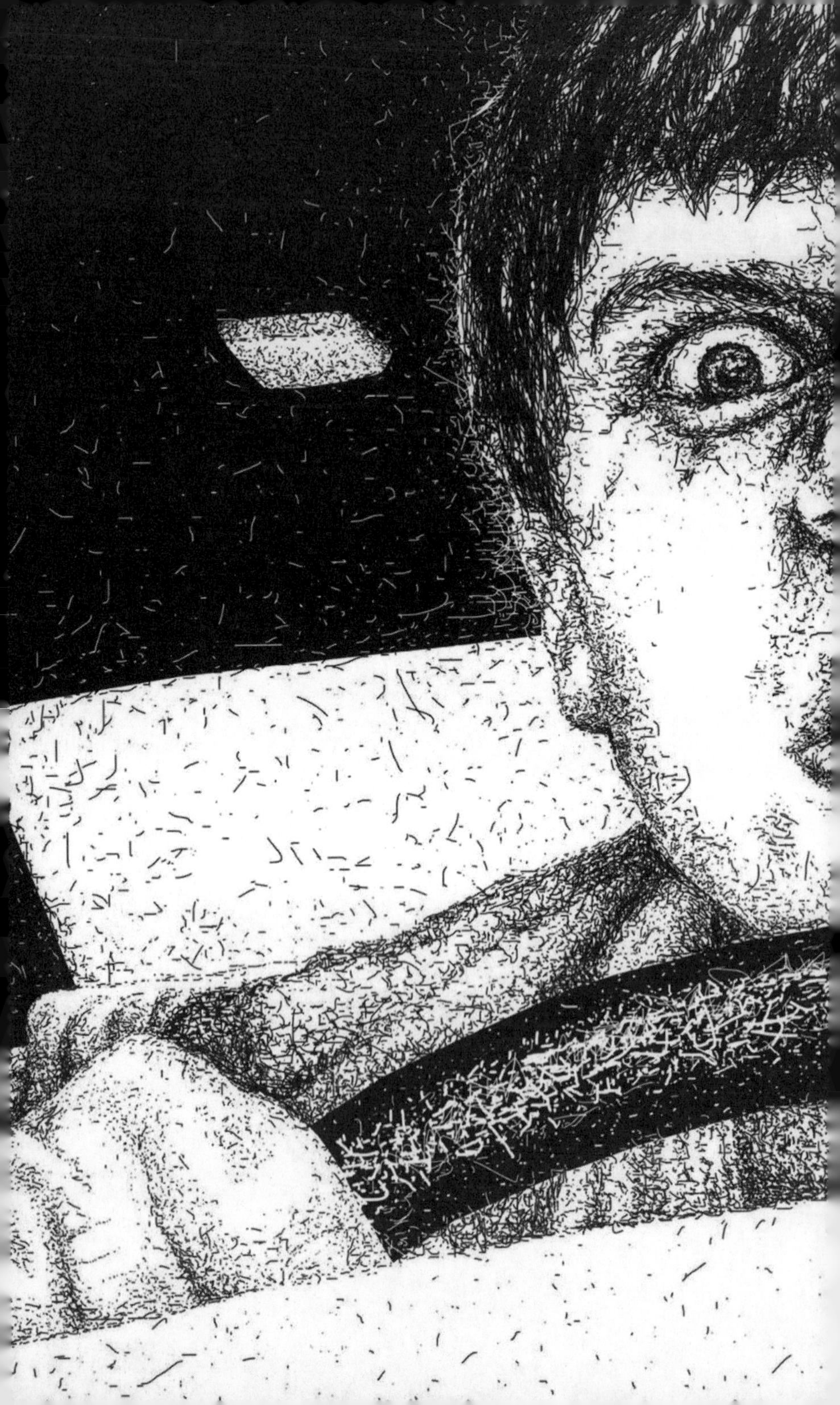

MAGOO

O VINGADOR DO TRÂNSITO

— QUE FILHO DA PUTA! Esse cara não pode fazer isso. Eu vou atrás dele.

Fúlvio engatou a terceira marcha e arrancou. Tentei fazer com que ele mudasse de ideia, mas quando o meu amigo encasquetava com alguma coisa era fogo. Não tinha como fazê-lo mudar de opinião. Cabeça-dura como ele, nunca vi. Mesmo assim me sentia na obrigação de não ficar quieto. Não poderia ser conivente com tanta fúria, ainda que não fosse gratuita.

— Deixa para lá — aconselhei.

— Sem chance. Você não viu como ele entrou na minha frente? Passou no sinal vermelho. Quase acerta a gente e provoca um acidente horrível. Mas deixa comigo, esse cara vai ver.

— Ver o quê? Vamos embora, vamos acabar nos atrasando, nos perdendo. Essa cidade é grande pra caramba, depois a gente não vai conseguir voltar. O hotel é aqui perto. Era para a gente ter entrado à direita. Escuta o que o GPS está dizendo.

— … Recalculando a rota…

Havíamos acabado de chegar a Campinas. Era a primeira vez que visitávamos a cidade.

— Deixa pra lá — insisti. — O que você vai ganhar com isso?

— Ninguém corta a minha frente e fica por isso mesmo. Não mesmo.

Fúlvio estava inflamado e a perseguição corria implacável. O carro em que estávamos avançava alucinado atrás do Honda infrator.

— O que você vai fazer? Como vai fazer para esse cara parar? Virou guarda de trânsito agora? — perguntei tentando usar um pouco de lógica.

— Ainda não sei, mas na pior das hipóteses eu jogo o carro em cima dele.

— Jogar o carro em cima dele? Que ideia estúpida é essa?

— É isso mesmo. Tenho mais motor, mais carroceria, mais lataria, mais tudo.

Não era o que parecia. O Honda começava a se distanciar e o meu amigo não se conformava.

— Eu pego ele. Eu pego. Você vai ver. Ele vai ver.

— Qual é, Fúlvio? Vamos embora.

— Já disse que vou pegar esse cara. Pegar de jeito.

Nessa hora alterei meu tom de voz:

— Ah, é? E você já pensou que ele é que pode te pegar? E se o cara está armado? Mete uma bala na tua cabeça. Mete outra na minha! Hoje em dia não se pode mais brincar com isso. Qualquer um tem uma arma e se acha o maior valentão por isso. Vamos voltar! Vamos já!

Ele não me ouvia e continuava a acelerar, tirando finas dos outros carros. Uma fatalidade era iminente.

— Esse cara não tem arma nenhuma.

— Como você sabe?

— Intuição.

— Que bobagem. Escuta, pensei uma coisa agora: e se quem estiver dirigindo for mulher? Ou uma senhora, uma velhinha, sei lá? Talvez nem seja um cara.

— É um cara sim, olha o jeito que dirige. Deve ser um boyzinho, filhinho de papai. Mas ele vai aprender. Vou pregar um susto tão grande nele, que depois disso ele nunca mais vai passar em sinal vermelho. Ele vai aprender a respeitar as pessoas. Eu estou fazendo um bem para a humanidade indo atrás desse cara. Vou dar um corretivo...

— Você quer é descarregar sua raiva, isso sim, meter a mão na cara dele.

Meu comentário atiçou Fúlvio. Ele pisou mais fundo, estávamos em uma avenida. Olhei o velocímetro: 115, 120, 130... Me amparei no banco de couro. Um vento forte no rosto, cores se despregavam da paisagem. Eu estava com medo, pensei na morte. Verifiquei se o cinto de segurança estava bem preso. Estava. Fiz o nome do pai.

A figura da minha mãe saltou à minha frente. *Filho, se cuida. Em Campinas venta muito, pegou o agasalho? Pega, se não quiser morrer de frio.* Tive o ímpeto de abraçá-la. De frio, mãe? Que ingenuidade.

— Pelo amor, Fúlvio. Pare já esse carro. Diminui essa marcha – cheguei a implorar. – Você vai acabar batendo, vai acabar matando a gente.

— Nunca. Eu sou um ótimo motorista – disse ele, cheio de pretensão.

Agora as ruas da cidade eram uma verdadeira pista de corrida e eu tentava imaginar o que passava na cabeça da pessoa que estava sendo acossada. Por que não parava? Pedia desculpas, sei lá. Não, era uma caça de gato e rato, ambos pareciam gostar daquilo.

Mudei o rumo da minha argumentação:

— Dessa forma que você está dirigindo, não vai demorar a polícia vir atrás de nós. Ou morreremos ou seremos presos.

Fúlvio respondeu agarrando o volante com mais força, ajeitou-se no banco, inclinou o tronco para frente. 145 km por hora! Será que o velocímetro estava certo? Era uma marginal larga e nossa BMW costurava os outros carros como se fosse a mais soberba das agulhas. Entramos em um viaduto afastado e naquele instante estávamos mais perto do Honda, mais perto, perto, muito perto, perigosamente perto, quase colados, agora grudados... E, de repente, um som de estouro, um voo e a batida rápida no solo, em uma fração de segundo. O carro que perseguíamos sumiu da nossa frente e capotou uma, duas, três, na quarta parei de contar. Dançamos desengonçados na pista, mas Fúlvio segurou o carro, não sei como, mas segurou. Eu estava suando, cobri o rosto e só depois de alguns segundos tive a coragem de deslizar minhas mãos pela sobrancelha até revelá-lo lentamente. Afrouxei o cinto de minha calça e cerrei os olhos.

— Putz, viu o que você fez, Fúlvio? — falei sem pensar.

— Eu não fiz nada. Nada. Esse cara é que é um louco, ele bateu sozinho. Nós estamos ilesos, não está vendo?

Ilesos? Fiquei em silêncio, era o que de melhor eu tinha a fazer. Por mais que se defendesse, Fúlvio estava em estado de choque. Branco. Pasmo. Cabelo em pé, como uma criança que acaba de descobrir que fantasmas existem, e o pior, que vivem dentro da gente.

— Vamos embora — ele disse, colocando o carro novamente em movimento. — Não temos mais nada a fazer aqui.

Não passamos pelo carro capotado, faltou coragem ao meu amigo. E se eles estiverem vivos? Pensei, voz omissa.

Ele deu ré, fizemos um retorno entrando à direita. Depois de reprogramar o GPS, seguimos para o hotel, onde não trocamos uma palavra. Saímos de lá somente na hora do casamento, era para isso que tínhamos viajado. Ainda bem que depois teria festa, eu precisava me distrair.

Só que quando chegamos à Igreja, no local de um matrimônio assistimos um clima de funeral. O nosso amigo Sérgio e a sua futura esposa (grávida) haviam morrido em um acidente de carro naquela tarde. Estavam dentro de um Honda, presente de casamento do pai dela.

Foi o primeiro triplo homicídio de Fúlvio no trânsito, depois vieram outros. Muitos outros.

1 E 2

3, 4 E 5

Markito Mesquire

O MUNDO TRATA MELHOR QUEM BEBE BEM

— isso é inconcebível. Assim você vai se arruinar. Vai me arruinar, o que é pior!

A eloquência e o desespero de João do Bar eram comoventes.

— Você não pode fazer isso comigo de maneira alguma. Eu tenho compromissos, tenho contas a pagar, sonhos para serem realizados.

— Eu decidi, João, eu não vou mais beber. De hoje em diante eu não ponho mais uma gota de álcool na boca, pode escrever.

— Larga de besteira, que coisa mais sem cabimento. Para com isso, diz que é brincadeira, por favor.

— Eu decidi. Dessa vez não tem volta.

Dessa vez não tem volta... bobagem. Desde quando promessa de bêbado vale alguma coisa? Quantas e quantas vezes João já havia visto homens respeitosos e de palavra jurarem que não poriam mais nenhuma gota de álcool na boca e, logo depois daquela ressaca braba, já estavam entronando o copo de novo? Quantas vezes? Inúmeras, incontáveis, infinitas. Com o Marcão não seria diferente, não poderia ser. Era só um blefe, mas que estava dando medo estava.

— Médico não entende nada, o hábito na bebida já faz parte da sua vida, está incorporado em sua alma. É impossível abandoná-lo assim de uma hora para outra. Rupturas como essa provocam um mal-estar psíquico e metabólico que levam ao caos e...

— Ei, João, fica quieto. Nunca vi você falar desse jeito empolado. Embrulha o estômago.

— Eu faço qualquer coisa para você não parar de beber. Até falar bonito, até virar intelectual. Posso recitar um poema. Quer?

— Eu fico sensibilizado com a sua preocupação com o meu bem-estar, mas é inútil. Um homem, um verdadeiro homem, tem que saber o momento de parar. E esse momento chegou para mim. Estou entrando em um novo ciclo da minha vida, mais equilibrado, consciente e responsável.

— Ei, ei, Chupeta, fica quieto. Eu também nunca vi você falar desse jeito antes.

— Bem, eu me empolguei.

— Pense em mim, pelo menos. Se não for por você, beba por mim. Veja como você vai me afetar com a sua abstinência. Você não pode, de uma hora para outra, parar de beber. Faz trinta e dois anos que você compra bebida do meu bar, você é o melhor cliente que um dono de bar pode ter, meu estoque está sempre cheio e vazio, cheio e vazio, por sua causa. Graças a você, eu consegui o padrão de vida que tenho hoje. Formei meus filhos? Você colaborou diretamente. Tenho minha casa? Devo à sua preciosa ajuda. Reformei meu bar? Você é o responsável. Percebe? Eu não posso perder você, tenho planos. Eu já estava preparando uma viagem à Europa de acordo com as projeções de seu consumo de cerveja até abril. E se você tivesse o mesmo desempenho do ano passado, e é óbvio que teria, só o que você consumisse em uísque já daria para eu comprar um carro novo.

Isso sem falar nos benefícios que me trariam a cachaça, o vinho, o Campari...

— Espera aí, Campari eu nunca bebi!

— Para você ver a sua importância para mim. Se você é o campeão disparado em consumo de todas as outras bebidas alcoólicas, por que não ser em Campari também? Esse ano eu tinha como meta derrubar sua resistência pelo Campari. Não seria fácil, mas pela possibilidade de pagar uma plástica para a minha mulher, eu me esforçaria muito.

— Dispenso seus esforços. Odeio Campari. Além do mais, eu gosto da sua mulher como ela é.

Ué, o que será que Chupeta quis dizer com aquilo? João ficou com a pulga atrás da orelha.

...

— O João me contou. É brincadeira, não é?

— É verdade, Zé.

— Precisamos conversar.

— Não adianta, eu não vou voltar atrás.

— Escuta, você tem que continuar a beber. O João já havia encomendado bebida por oito meses. Minha distribuidora estava estocando, se preparando para você e para o verão, há tempos. Eu já tinha feito o pedido na fábrica. Tudo esquematizado. Precisamos de você.

— Não tem volta, eu já disse.

— Mas eu tenho contratos, tenho que honrá-los. Não seja irresponsável. Você vai quebrar uma cadeia de consumo perfeitamente montada.

— Não tenho nada a ver com isso.

— Como não? Você é o último elo da cadeia, o consumidor final. Se não tem você, não tem nada. Nada, ouviu? Pense bem, pelo amor de Deus. Eu já havia prometido para minha mulher uma casa de praia e a viagem de lua de mel para a minha família em Paris. Você pode ser o responsável pela minha separação, pela minha derrocada familiar. Eu não estou te pedindo nada demais. Quer parar de beber? Tudo bem, mas não faça isso de uma hora para outra. Precisamos de tempo para achar novos canais de escoamento da produção com a mesma qualidade que você tem. E isso leva tempo. Trocando em miúdos, o que eu quero dizer é o seguinte: pelo menos durante os próximos oitos meses, você vai ter que beber. Afinal, você não avisou com antecedência e nem deu nenhum indício de que isso ocorreria e nos pegou de calça curta. Como já estávamos com todo o esquema de distribuição montado, vai ter que reconsiderar. Pensa, Chupeta, você só veio com essa história hoje pela manhã, assim não dá. Não seja um inconsequente.

— Preciso responder?

• • •

— Alô, Marcão? Boa noite. É, eu sei, é meio tarde, porém em um caso desses, você sabe, não dá para postergar, não dá para deixar para amanhã. Ah, claro. Você não me conhece, desculpe. Eu sou Paulo Onofre, Presidente da Federação das Indústrias de Bebidas Alcoólicas do Brasil. O mercado está em polvorosa, sabia? Suas declarações foram bombásticas. Mexeu com um monte de gente. Olha, vamos ser sinceros, você não pode parar de beber. É isso mesmo, não pode. Não adianta dizer que você quer, que decidiu e pronto. As coisas não são assim. Tem pessoas que dependem de você. O quê? Você não aguenta mais esse assunto? Poderia ser pior, já pensou todos os fabricantes de bebida ligando para você, separadamente? Eu é que não deixei, estou representando todos eles, exatamente para essa história não ir muito longe. Escuta, tem muitos interesses em jogo, se é que você está me entendendo, se você continuar a beber, suas vantagens serão enormes. Pode pedir o que quiser. Estamos pensando em ser generosos com você. Quem sabe uma boa, mas uma boa quantia em dinheiro não lhe faça mudar de ideia? Eu te chantageando? Nunca. Só estou te pondo a par da realidade. Veja bem. Só para te dar um breve panorama das coisas: a Ambev já investiu muito dinheiro na ampliação de sua fábrica e sabe por quê? Para aumentar a capacidade de produção e atender a SUA demanda. E a 51? Por sua causa, acabou de fechar negócio com outro fornecedor de cana-de-açúcar para dobrar seu volume de aguardente. Isso sem falar nas outras. Imagine quantas pessoas dependem de você. Famílias inteiras. Aposto que você não tinha noção, não é? Pois é, para você ver como é importante para nós. Importante não, essencial. Como? Não te interessa? Pois você vai ver, vamos tomar umas providências. Se isso é uma ameaça? Imagina, é só um aviso e quem avisa amigo é. Ah, não quer saber da minha amizade? Sei. Mas isso não vai ficar assim não. Pode escrever, pode esperar. Onde já se viu? Parar de beber assim, sem mais nem menos? Só por capricho, pois sim.

• • •

— Se você parar de beber o Brasil quebra.
— Ahn?
— O mercado de bebidas é o maior, talvez o único exemplo de que meu governo é bom. Toda vez que alguém

questiona o sucesso das minhas medidas econômicas, minha equipe rebate: vejam o consumo de bebidas, continua subindo. Isso dá credibilidade ao Palácio do Planalto. O mercado de bebidas alcoólicas é o indicativo que meu plano deu certo. É a base do meu governo, o sustentáculo, o pilar mor.
Silêncio.
– Marcão, você não pode tirar essa confiança do nosso povo.
– Mas, senhora presidente...
– Seja patriota. O futuro do nosso país está em sua boca.
Emoção.
– Eu vou pensar, senhora presidente. Eu vou pensar.
– Obrigado.

...

– E vocês diziam que ele iria conseguir parar de beber. Imagina, não durou nem um dia a promessa do Chupeta. E olha que agora ele está pior, cheio de mania de grandeza. Megalomaníaco chato.
– E é por isso que eu be-bo, ic. Porque o país depende de mim. E a presidente quer. E o povo precisa, ic. E se é para o bem geral e felicidade da nação diga ao p-povo que bebo. E... João, desce mais dois... C-Camparis.
João do Bar era só felicidade. Tudo de volta ao normal. Sua renda continuaria ótima, até melhor. Mas por via das dúvidas, decidiu não empregar o dinheiro do lucro da venda do Campari na cirurgia plástica da sua mulher. Se o Chupeta gostava dela assim, que ficasse. Ele merecia algum tipo de homenagem, sei lá.

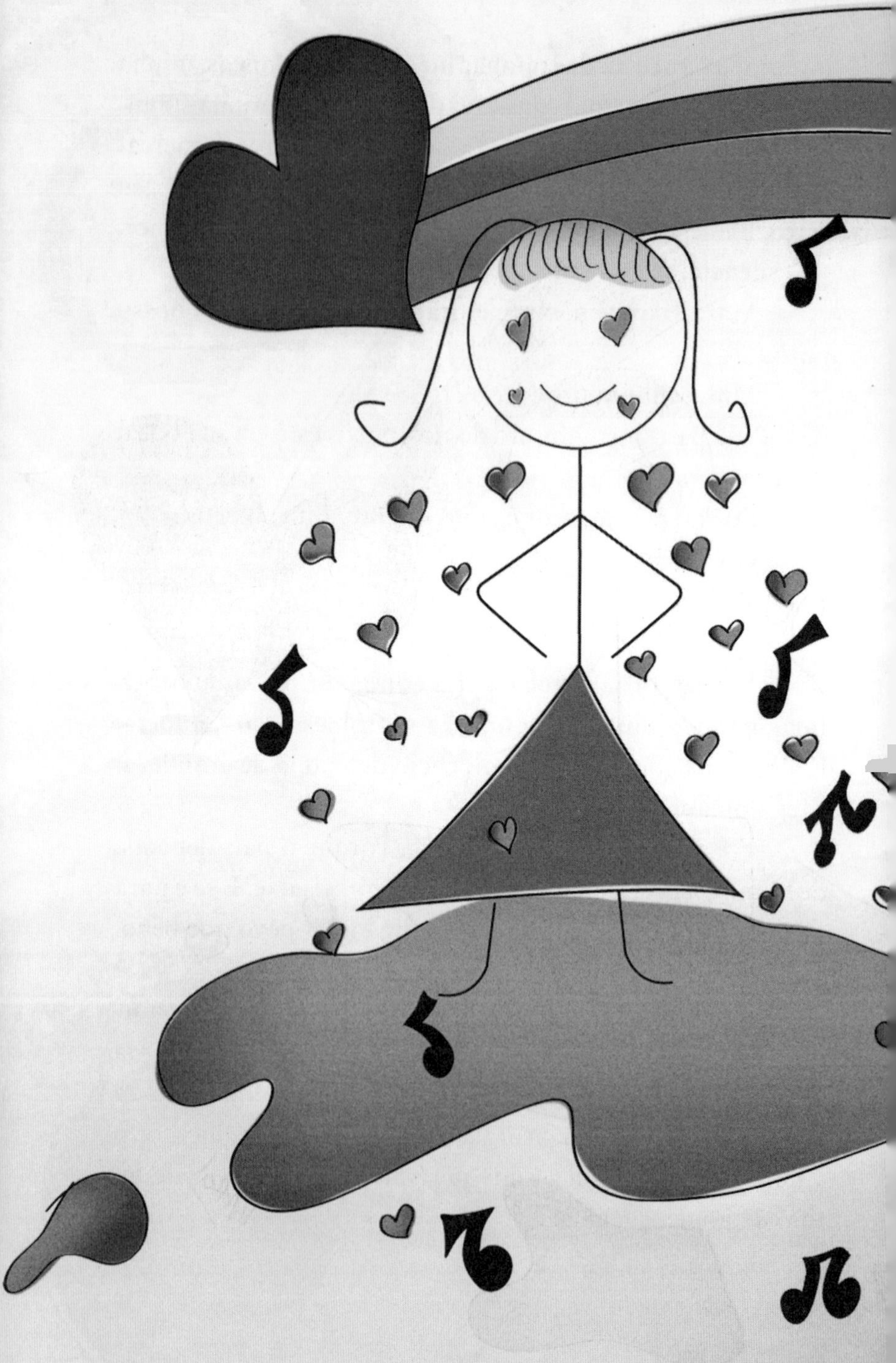

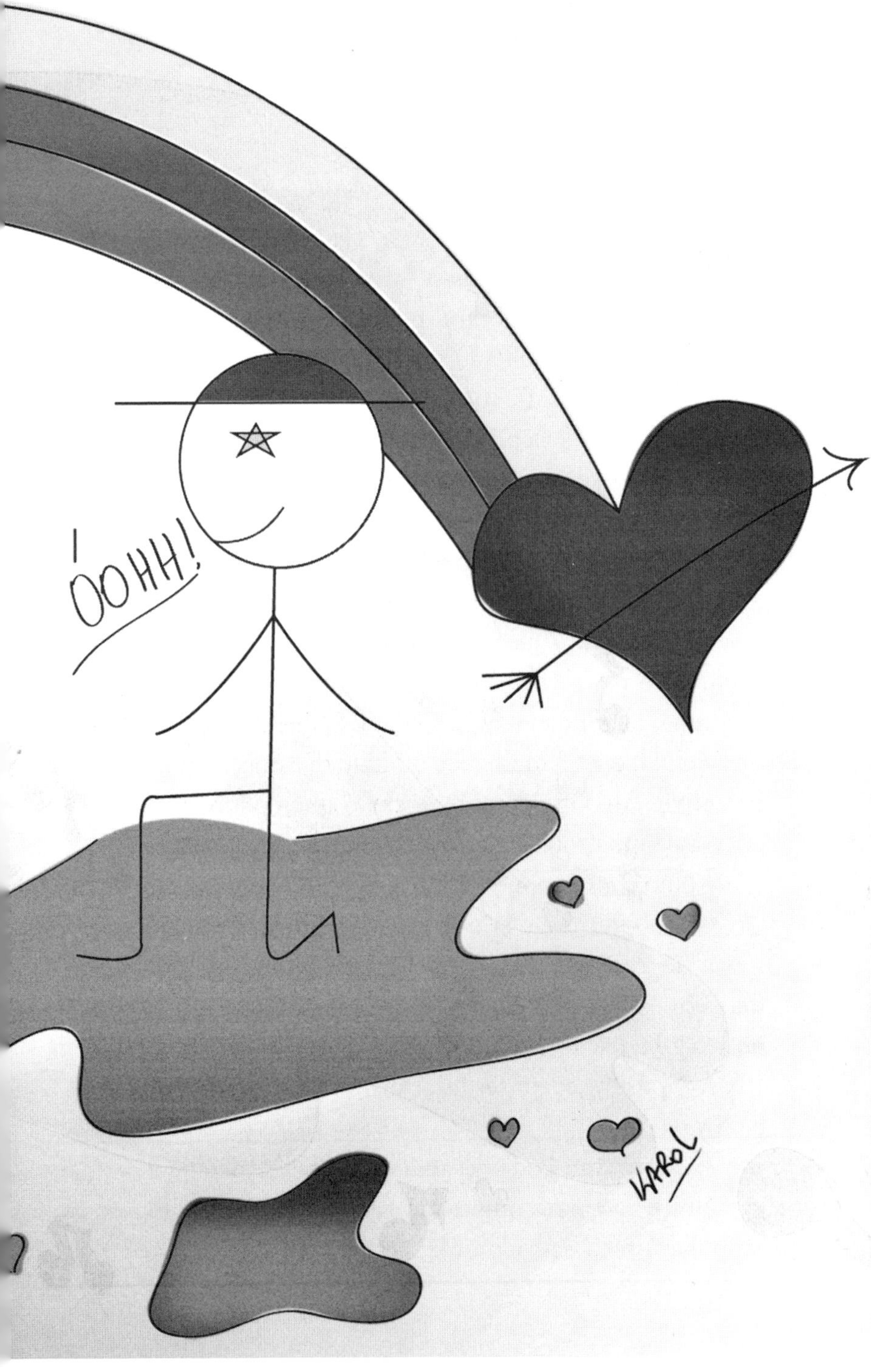
¡OOHH!
KAROL

MULHER TEM QUE CHORAR, HOMEM TEM QUE RIR

DEFINITIVAMENTE NÃO DÁ PARA FALAR que você ama uma mulher se nunca a viu chorando. E pode ser por qualquer motivo, exceto por felicidade, que aí não tem graça nenhuma. Quer dizer, tem sim, só que em intensidade infinitamente menor (ou maior dependendo do ponto de vista, por mais irônico que isso possa parecer). Mas não importa, de qualquer forma, para amar uma mulher como manda o coração, o figurino, o Rômulo, meu amigo, e o manual do bom amante, o importante é contemplar as suas lágrimas caindo e sentir ternura. Querer cuidar, proteger e botar no colo. Enxugar o rosto com seu próprio rosto, colando assim um no outro, ou ainda enxugá-lo delicadamente com o polegar e principalmente com beijos molhados e doces e palavras de incentivo. Algo que lembre, mesmo que de longe, gritos de guerra de uma torcida, mas com muito mais poesia:

– Não chora, não chora. Você é linda, minha doce Cora.

Claro que para isso é estritamente necessário que a moça se chame Cora. Ou Dora. Isadora também serve, mas por esse nome não me responsabilizo, compromete um pouco a métrica.

Agora se você quiser falar justamente o contrário, também vale:

– Chora, vai. Pode desabafar, faz bem, meu bem.

Nesse caso, até uma rima ruim é permitida. Ela pode até achar graça da cacofonia.

– O que você disse?

– Nada não.

E então ela sorri, ainda com vestígios de água nos olhos para o seu completo delírio. Compare: um sorriso feminino dado com lágrimas é como um arco-íris. O mesmo princípio, a mesma composição, o mesmo paradoxo, o mesmo impacto. É um colírio, para todos os olhos masculinos, ver uma mulher assim.

É verdade. Só depois de ver uma garota chorando é que você pode dizer com todas as letras, com toda a convicção do mundo, sem medo de errar: eu te amo. Antes, nunca. Para não ter perigo de não ser sincero e ser tachado de aproveitador.

Por isso, não tenha pressa. Se você nunca viu a sua pretensa amada verter água pelos olhos, o máximo que ela pode ser é uma pretensa amada. Por enquanto, ela não passa de uma mulher com potencial para ser sua namorada, a escolhida para comer pipoca com você em um jogo de futebol pela TV, a pessoa com quem você quer passar o resto da sua vida, ou seja lá que título você queira lhe proferir. O amor pode vingar ou não, como uma semente.

Somente quando você vê uma mulher chorando, só e somente só, é que você pode medir o quanto liga para a dor e para a felicidade dela e saber se a ama de verdade. E, o mais importante, o quanto continua bonita. Porque talvez ela faça bico ou esgoele e se descabele. Ih! Tem mulheres lindas que se estragam e dão medo quando choram. Dá vontade até de ignorá-las de tanto escândalo, de tanta feiura, de tanto drama, mas aí é botar mais lenha na fogueira, o risco de choro é ainda maior. Haja paciência. Controle nessas horas é bom.

Para saber se você ama uma mulher não é preciso saber o seu nome, estado civil, ascendência, time preferido, religião, se usa bidê, gosta mais do amarelo ou azul ou se come cebola. Basta saber como é seu choro. Se silencioso ou alardeador. Se convincente ou fingido. Se leal ou ardiloso. Se espontâneo ou coreografado. É preciso saber qual é a sua intensidade, amplitude e profundidade, quanto tempo dura em média, quantas lágrimas caem por segundo, qual o som que produz, qual a angulação da boca, a expressão dos olhos, a reação do nariz...

Tem mulher que chora e faz careta e provoca enjoos. Tem mulher que ilumina o rosto com trezentos canhões de luz e incita desejos mil.

Por quantas já me apaixonei só por terem um choro sedutor? E por quantas lindas mulheres já perdi o encanto só por terem um choro patético? Numerosas, infinitas mulheres.

Tem mulher que chora tão bonito que dá vontade de chorar junto. Fazer par com ela, como uma dança. Mas não um chorinho, eu diria um tango.

O choro é o cartão de visita feminino. Quando uma mulher é apresentada para você, deveria chorar em vez de dizer o seu nome. Pouparia desagradáveis futuras surpresas. Ou desencadearia paixões instantâneas. Tudo bem, vale a pena correr o risco.

Era 12 de junho, noite linda, lua cheia, céu estrelado. Rômulo, meu amigo, estava no carro em um *drive-in*, pensando exatamente em tudo isso e naquela gostosa da Débora, sua cunhada, quando Lúcia, lhe fez a pergunta fatal:

— Você me ama?

Pego de surpresa, ele avaliou o material. Era bonita, sem dúvida, tinha as coxas bem torneadas e povoadas por uns pelinhos louros que eram um violento atentado ao pudor, seios nº 42, feitos sob medida para as suas mãos e boca, um umbiguinho lindo cheio de truques, um queixinho brejeiro e, além de uma cinturinha de vespa e ancas marcantes, possuía um gosto interessante para a culinária. Sem dúvida, gostava dela. É. Gostava.

– Não, a pergunta não é essa. Deixa eu formular melhor para você. O que você sente por mim?

Ele poderia responder simplesmente: tesão. Seria pouco e vulgar. Tinha carinho também e respeito. Algo mais? Quem dá mais? Ele disse:

– Eu te adoro.

– Adora como? – ela ficou desapontada. Só adorar?

– Adoro, ué. Para falar a verdade, eu sinto o maior tesão, carinho e respeito por você.

Pronto. Ele tentou ser o mais sincero possível, mas ela não se satisfez.

– Então você me ama, Rô. Qual é o nome dessas três coisas juntas senão amor? Amor para mim é exatamente isso: tesão, carinho e respeito. A não ser que você sinta cada sentimento desses separado, de modo independente. Sente? Tipo assim, quando você sente tesão não tem lugar para carinho, quanto tem respeito não cabe nenhum outro sentimento. É assim que você sente?

Ele odiava quando ela começava a elucubrar. Fez uma expressão indecifrável e ela foi em frente:

– Então, Rô! Por que você não simplifica tudo e simplesmente diz que me ama de uma vez?

Rômulo não poderia responder "ora, nunca te vi chorando". O tiro certamente sairia pela culatra, ela acharia graça, não entenderia aquilo e ele se sentiria um idiota. Resolveu arriscar:

— Mas é que não te amo, Lu. Não do jeito que eu ache que deveria. Dá para entender?

O que ele esperava mesmo era uma reação. Tinha a esperança de que ela se magoasse e começasse a chorar. Talvez com essa negativa ela se condoesse toda e pusesse a boca no mundo. Aí, dependendo do charme do seu choro, ele poderia dizer com honestidade que a amava.

Entretanto, apesar de toda a sua torcida, Lúcia se manteve impassível. Nenhuma lágrima caiu. Ela manteve-se serena como ele não desejava vê-la.

— Você não vai dizer nada?

— Não. Eu já meio que esperava por isso — ela respondeu, colocando o sutiã. — Mas tudo bem. Eu também não te amo.

E vestindo a blusa:

— Eu quero terminar.

O susto que ele tomou foi enorme.

— Terminar!?

— É. Acho que a gente não dá certo — e prendendo os cabelos. — Eu estou apaixonada pelo Beto.

— Apaixonada? — ele ficou surpreso, depois magoado, bravo. — Pelo Beto? Por quê?

— Por quê? Porque ele é gentil, vive dizendo que me ama, coisa que você nunca fez, diga-se de passagem. Além disso, ele me dá flores, presentes, me conta piada, me faz rir.

Rômulo ficou com o orgulho ferido, viu que estava mal. Sentiu a garganta engasgar, um nó. E não deu mais para segurar, começou a ficar com os olhos úmidos. Lúcia disse:

– Ei, para com isso. Você mesmo disse que não me amava. Que papelão é esse agora?

– Eu não estou chorando, estou com raiva.

– Sei... Raiva? Homem não chora. Coisa feia. Você nunca deveria chorar na minha frente. Acho tão esquisito homem chorando. Homem tem que ser forte, passar segurança para as mulheres. Desculpa eu te falar isso, mas agora que te vi chorando, Rômulo, tenho certeza absoluta de que não te amo. Não mesmo.

– Como é que é?

– Você pode até achar uma bobagem, mas não dá para amar um homem que eu vi chorando. Quer chorar? Que seja escondido. Eu que sou mulher nunca chorei na sua frente e olha que já tive vários motivos. Eu sempre me controlei, então por que você, que é homem, tem que chorar?

Rômulo enxugou os olhos com as costas das mãos e perguntou, curioso:

– Verdade? Você já quis chorar na minha frente?

– Inúmeras vezes. Toda vez que a gente brigava, que você me maltratava, eu engolia o choro. Eu já te amei, sabia? Mas foi acabando, de tanto que você me machucou. Toda vez que brigávamos e você me deixava em casa eu me desfazia em lágrimas. Eu sempre me segurei para não chorar perto de você.

Não! Rômulo não se conformava.

– Mas, Lu, isso é o que eu sempre quis. Sempre quis ver você chorando...

– Eu sei. Pensa que eu não sei que seu prazer é me ver sofrendo? Mas eu nunca te dei o gostinho. Ah, não.

– Não! Escuta, Lúcia não é isso, deixa eu explic...

– Escuta você! Eu vou ficar com Beto. Ele é carinhoso e me faz rir. Ou seja, ele é muito diferente de você, que não é nada romântico e carrancudo.

– Eu, carrancudo?

– É sim. E isso é um saco, porque é o seguinte, Rômulo, eu penso que não dá para uma mulher amar um homem se não o vê rindo pelo menos uma vez por dia. Só não pode ser um sorriso dado para outra garota, que aí é muito descaramento.

– Lúcia... eu...

– Ah, Rômulo, desfaz essa cara. Para de choro, vai. Eu já disse. Que vergonha. Homem não chora, homem ri.

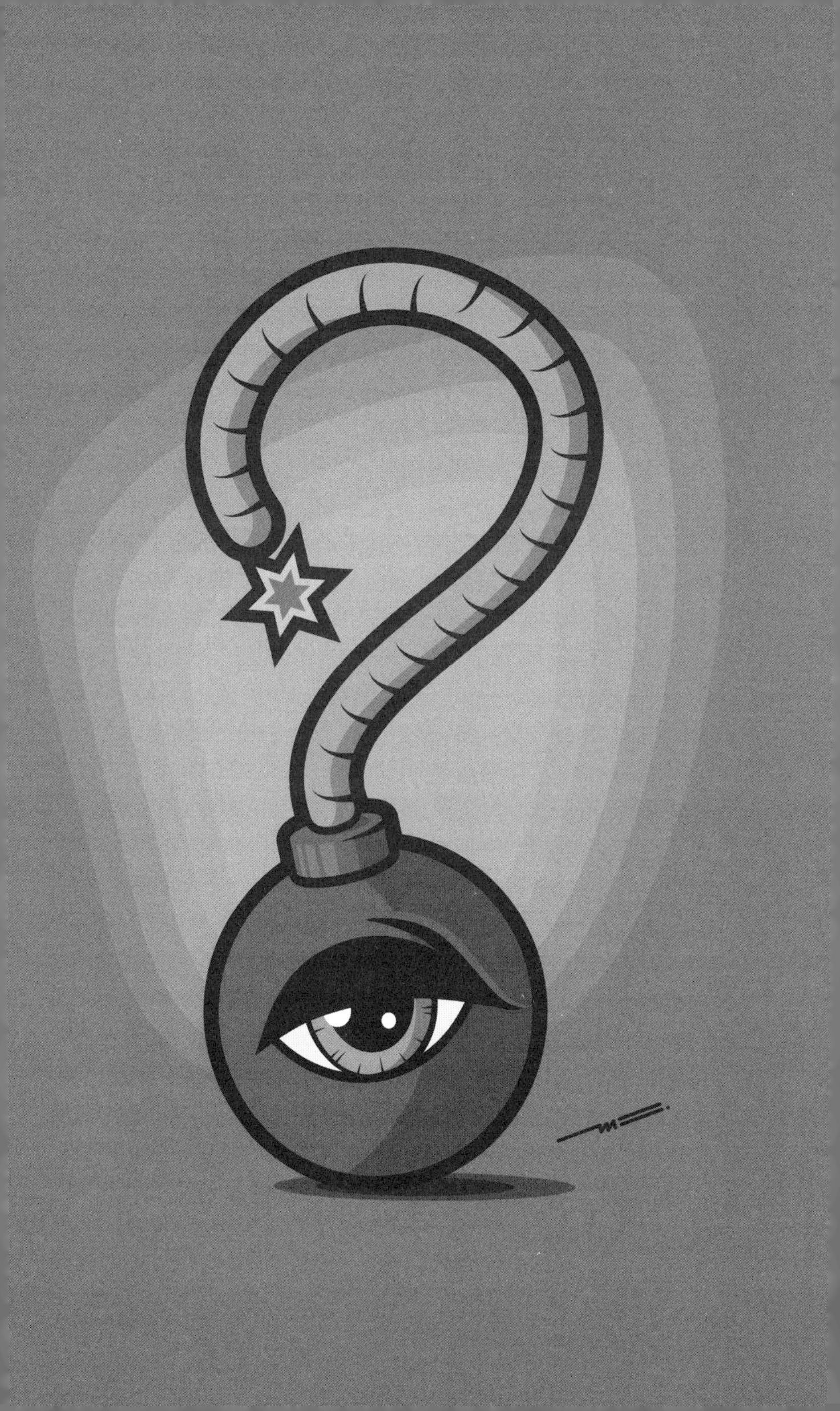

PERGUNTA DE RISCO

EXISTEM PERGUNTAS QUE NUNCA – em tempo algum, sob nenhuma condição normal de temperatura e pressão, ou mesmo tortura – devem ser feitas.

– Você já me traiu?

De supetão assim, sem nenhum tipo de preparação, sem nadica de vaselina para introduzir a questão? A frigideira despencou da mão dela, fazendo a omelete se esparramar todinha no piso frio. Uma sujeira enorme, um cheiro esquisito tomou conta do ar.

– Eu? – ela dissimulou.

– Tem mais alguém aqui? – ele retrucou inquieto.

Ela tentou a ofensiva:

– Por que essa pergunta agora? Aí tem coisa. Você deve ter me traído e agora que está com a consciência pesada quer saber se eu fiz a mesma sacanagem que você, não é? Aí, se eu disser "claro que eu nunca te traí", você vai ficar achando que eu estou mentindo, não vai acreditar em mim de nenhum jeito. Agora se eu disser "sim, claro, é o que todo casal civilizado faz hoje em dia", você vai sair por aquela porta e eu nunca mais vou te ver. Isso se eu não tomar uma surra antes, que você é bem capaz disso. Então, considerando todas essas possibilidades, eu te devolvo a pergunta.

Ela olhou, desafiadora, para o marido e lançou:

– E você?

Dessa vez o que caiu foi a cerveja, depois o copo, os pistaches, os ovinhos de codorna e quase a cara dele. Mas com habilidade, ele conseguiu segurá-la no ar, dando um mergulho mortal, reflexos dos seus tempos de goleiro. Então, encaixou-a perfeitamente no seu rosto e apertou uns parafusos na cabeça. Sua esposa fingiu que toda essa movimentação era normal. Ele disse:

– Não estamos falando de mim, estamos falando de você. Além do mais eu perguntei primeiro... É que meus amigos vieram com esses papos bobos hoje, aí eu fiquei pensando... Bobagem... Desculpa querida. Vamos esquecer essa história.

Ah, não. Começou agora aguenta:

– Eu nunca te traí.

Enquanto ele respirava aliviado e arrumava o estrago que tinha feito, ela completou:

– Pelo menos não concretamente.

Agora não teve jeito: lá se foi a cara dele e seu orgulho de macho para o chão. Não deu pra salvar nada dessa vez, espatifaram-se no chão, que os reflexos têm lá os seus limites.

– O que você quer dizer com "não concretamente"?

– É que eu te traí, mas não te traí.

– O quê?

– Você que perguntou, só estou sendo sincera.

Ele pisava em ovos e tinha a impressão que eram os seus. Doía pra burro.

– Quer explicar isso melhor?

– Não precisa ficar assim. Foi uma traiçãozinha de nada – e completou mordaz. – Só em pensamento.

– Pensamento? E com quem?

— Vamos esquecer essa história?

— Não, não. Começou agora tem que falar. Temos que ir até o fim... Passando o pano de chão na cerveja derrubada, ele disse:

— Puxa, isso me pegou de surpresa. Eu não esperava. Só falta agora você dizer que me traiu em pensamento com o meu melhor amigo.

— De certa forma...

Não tinha mais nada para ir ao chão, mas algumas partes do seu corpo escorreram pelo ralo e foram parar no subsolo, nos subterrâneos da vida.

— Ahn? Você me traiu com o Asdrúbal? E em pensamento? Mas ele é muito feio! Até o nome dele não é dos melhores. O que você viu nele? E não vem me dizer que o amor é cego porque com você esse tipo de papo não cola. Eu sei muito bem que você casou comigo só porque eu sou bonito.

E era mesmo. Fisiculturista, ex-BBB e atual figurante de novelas.

— Então? Por que o Asdrúbal?

— Não é o Asdrúbal — e toda enigmática. — Quem disse que é ele?

— Não? E quem é o meu melhor amigo, então? É o Felix por um acaso? — e morto de ciúmes. — Não é o Felix, é? Fala que não é o Felix. É?

— Não. Mas rima com ele. Vamos ver se você sabe quem é.

Parecia que ela se divertia com a situação, enquanto ele ficava cada vez mais possesso.

— Ainda quer brincar de adivinhação comigo? Não sei, não sei. Quem é?

— Você já foi bom em charadas. Se eu falei que de certa forma é seu melhor amigo e rima com Felix, quem pode ser?
— E eu sei?
— O José Rex, ora.

José Rex, o cachorro de estimação do casal, presente do seu patrão. Era um husky siberiano com pedigree. Olhos claros, corpo atlético, muito bonito. Sem dúvida, ela mantinha o bom gosto.

— Não sei o que falar.

Uma dor de cabeça instantânea tomou posse do seu corpo. Ele se sentia mole, como se estivesse evaporando, indo por terra abaixo. Agora ele entendia tudo. Toda vez que ele beijava a esposa ou lhe fazia um carinho, o José Rex latia, uivava, rosnava, babava, contorcia o rabo, mordia o pé da mesa.

— Estou besta — ele disse.
— Não faz tanto drama. É só uma fantasia nonsense, ingênua até. Nunca aconteceu nada entre nós. Palavra.
— Acha que eu vou acreditar em uma coisa dessas? Enquanto eu trabalho, você fica aqui com ele, sozinha o dia inteiro. Ele andando peladão pela casa... Claro que já rolou alguma coisa entre vocês.
— Você está muito nervoso e está fazendo mais sujeira. Deixa que eu limpo isso.
— Não, deixa que eu limpo.
— Me dá aqui esse pano, deixa eu te mostrar como é.
— Não precisa. Eu não quero que você fique de joelhos. Não quero. Se quiser limpar, tudo bem, mas pode ficar de pé. Não precisa ficar de quatro. De quatro não!

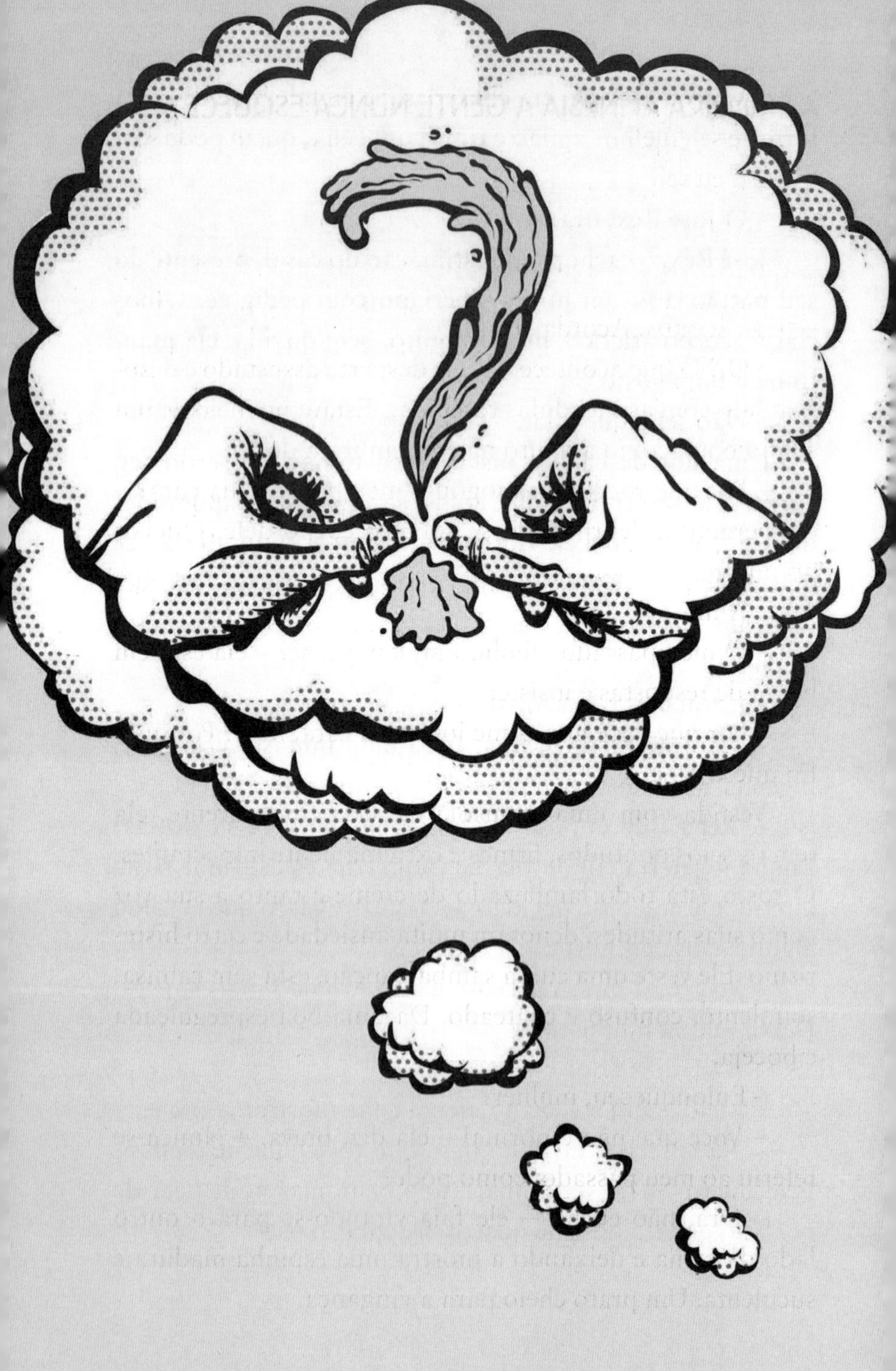

A PRIMEIRA AMNÉSIA A GENTE NUNCA ESQUECE

— EI, EI, ACORDA. Acorda, amor.

— Oi? O que aconteceu? — ele desperta assustado e desorientado com as sacudidas recebidas. Estava no meio de um sonho bom, como a muito não se lembrava de ter.

— Por que você nunca jogou o meu passado na cara? — ela pergunta, debruçando-se sobre o corpo dele. Queixo no ombro.

— Ahn?

— O meu passado. Tenho um, lembra-se? — ela está em busca de respostas e insiste:

— Por que você nunca me jogou na cara, hein? Por quê? Eu quero saber.

Vestida com uma camisola de seda transparente, ela tem os seios pontudos, firmes e extremamente impactantes. O rosto está todo lambuzado de creme e tanto a sua voz como suas atitudes, denotam muita ansiedade e certo histerismo. Ele veste uma cueca samba-canção, está sem camisa, sonolento, confuso e chateado. Dá uma boa espreguiçada e boceja.

— Enlouqueceu, mulher?

— Você que não é normal — ela diz, brava. — Nunca se referiu ao meu passado, como pode?

— Ora, não enche! — ele fala virando-se para o outro lado da cama e deixando à mostra uma espinha madura e suculenta. Um prato cheio para a vingança.

— Aiiii! Ficou louca?

O rapaz levanta-se de um salto. A ferida aberta, uma cratera em suas costas, um vulcão de sangue.

— Só quis ajudar — ela diz, dando de ombros.

— Ajudar? Não toque mais em mim, entendeu?

— Culpa sua — justifica sem remorso.

— Minha? — ele pergunta, limpando o sangue com a mão e depois passando na cueca.

Com cara de nojo, ela fala:

— É. Eu fiz isso para você aprender.

— Aprender? — ironiza ele. — O quê?

— A falar do meu passado.

— Ora...

— É isso mesmo. Como é que você pode viver tranquilo, sem falar nada a respeito do meu passado? Desde que estamos juntos você nunca fez sequer uma mençãozinha de me jogar na cara o que eu fui ou o que deixei de ser. Você não liga a mínima para o meu passado. Para as coisas que fiz ou deixei de fazer antes de te conhecer.

E continua:

— Mas eu sei o que é. Essa indiferença toda é porque você não está nem aí comigo, não é? Você não me ama mais.

Ele não quer falar nada, mas se sente obrigado:

— Por que essa porcaria de história agora? Não estou te reconhecendo.

— Porque eu quero que você fale sobre o meu passado — explica ela. — É isso. Simples.

Mais acordado, ele começa a ficar nervoso de verdade. E com a voz ainda um pouco pastosa, pergunta:

— Que horas são?

– Não muda de assunto não.
– Que mudar de assunto o quê? Acho que é hora de tomar o meu remédio. Já passou das três.
– Que remédio?
– Meu remédio para memória, esqueceu?
– Remédio para memória?
– Vai dizer que você não sabe que eu tomo remédio pra memória? – pergunta ele.
– Você? – ela diz, olhando feio.
– Eu, sim senhora.
– Ora, larga de ser cínico – ela o reprime. – Você está me gozando? Quem toma remédio de amnésia sou eu. Eu que não lembro direito quem sou, Ed.
– Que Ed, mulher? Meu nome é Edward? Ou será Edgard? Não. Não. É Venceslau, tenho certeza.
– Venceslau? – ela pergunta, surpresa. – Não é Ed?
– Não – ele diz com convicção.
– Como não?
– Não sendo, ué. Simples.
– Pensei que fosse – ela diz entre confusa e resignada.
– Mas não é.
– Eu podia jurar que era.
– Juraria errado.
– Tem certeza que você não é o Ed, Venceslau? – ela pergunta, aflita.
– Acha que não sei o meu próprio nome?
– Não é isso. É que... – ela tenta explicar alguma coisa, passando a mão nos cabelos. – Nossa, agora eu pirei – diz, sincera. – Estou superconfusa. Será que tive uma recaída e esqueci tudo o que eu achava que tinha lembrado? Na

minha cabeça, meu marido se chama Ed. Pensei que você fosse ele, afinal estou na mesma cama que você. Tem lógica em pensar isso, mas se você não se chama Ed, acho que estou na casa errada, na cama errada e com o homem errado. E aí, além de eu ser uma desmemoriada, eu sou uma promíscua. Será meu Deus! Como eu vim parar aqui. Você se lembra?

– Não. Não sei de nada – ele diz, esquivando-se de qualquer responsabilidade. – Eu estava dormindo e além do mais, como eu já te disse, eu sofro de amnésia.

– Eu também, droga. Eu também – ela se apressa em dizer.

Então é isso: no meio da madrugada, uma mulher desmemoriada acorda o homem que está deitado na mesmo cama que ela (seu suposto marido) para tirar-lhe satisfação: por que ele nunca jogou o passado dela na cara? Simples, ele sofre de amnésia. Portanto, os dois estão deitados na mesma cama e ambos sofrem de falta de memória. Não têm certeza absoluta de coisa alguma. Não sabem ao certo quem é quem ou qualquer coisa do gênero. Não sabem se o outro está blefando, afinal não se lembram de nada. Têm apenas vagas lembranças. E é nesse clima de desorientação e desconfiança que a conversa continua. Ela:

– Mas se você não é o Ed, e você está me dizendo que não é, só tem duas alternativas: ou eu não me lembro mais do nome do meu marido e isso é terrível, porque isso é uma das únicas coisas que eu achava que tinha certeza na minha vida, ou eu estou no lugar errado, o que é igualmente terrível, pois eu não sei onde é minha verdadeira casa.

– É – ele concorda. – A situação não é das mais animadoras.

– Você não se lembra de mim? – ela pergunta afobada, tirando o creme do rosto.

– Mais ou menos – ele diz, inspecionando-a. – Mais ou menos.

– Ai, meu Deus. Não senti firmeza na sua confirmação. Acho que estou no lugar errado mesmo. Desculpa. Vou embora – ela diz, juntando as coisas. – Será que essa roupa é minha? Não pensei que usasse minissaia e muito menos abóbora. Odeio essa cor.

– Espera. Talvez eu seja seu marido sim. Tá, eu não lembro direito da cara da minha mulher, mas você não me parece uma completa desconhecida. Seu rosto me é familiar.

Ela sorri:

– Sério? Posso ficar?

– Pode. Como você se chama mesmo?

– Fátima.

– Fátima! É isso aí. Eu já ouvi esse nome antes em minha vida. Fátima! Eu já ouvi. Acho que você é minha esposa de verdade, estou me lembrando dos seus seios.

Grande coisa. Aquilo não significava muito. Os seios dela eram inesquecíveis, de todo modo, e extremamente impactantes.

– Eu também acho que você é meu marido, Venceslau. Esse quarto parece o meu.

– Bernard, poxa. Meu nome é Bernard.

– Ah sim, como pude esquecer! Que cabeça a minha. Deve ser a falta dos remédios.

– Pode ser. Que horas são? Vê aí.

– Quatro e quinze.

— Quatro e quinze? Por que você só me acordou agora? Se eu não me engano, eu deveria tomar os remédios às três. Ou era às duas? Não, era às duas e meia... Droga! Se eu não souber a hora certa de tomar os comprimidos, eu nunca vou recuperar minha memória. Desse jeito o remédio jamais vai fazer efeito.

— Eu tinha que te acordar? – ela pergunta, preocupada. Pelo que ela sabia sempre foi uma esposa dedicada. Como então cometeu um erro daqueles?

— Claro. Eu te pedi...

— Não me lembro – ela lamenta. – Desculpa.

— Deixa pra lá. Eu também não tenho certeza se te pedi... mas se não era pra eu tomar o remédio, porque foi que você me acordou?

— Deixa eu ver... Não sei, não consigo me lembrar.

— Faz um esforço.

— Para quê?

— Esqueci – ele diz. – Sobre o que a gente estava falando mesmo?

— Não sei – ela ri, sem jeito. – Eu também esqueci.

— Assim não dá. Desse jeito não vamos chegar a lugar nenhum.

— Tive uma ideia. Vamos tomar uma dose reforçada dos remédios para ativar nossa memória. Quem sabe assim melhoramos e nos lembramos de alguma coisa? – ela sugere.

— Pode funcionar.

— Boa ideia.

— E onde eles estão?

— Quem? – ele pergunta.

— Os remédios.

— Não sei.
— Nem eu – ela lamenta.
— Não são esses da penteadeira?
— Acho que sim – ela diz.
— Ótimo. São eles sim. Tá aqui escrito. Recordex – ele lê, todo animado.
— Isso não é remédio pra memória. É um complexo vitamínico especial para atletas. Essas bobagens que a propaganda fala, para pessoas comuns transformarem-se em campeões. Um complemento alimentar.
— Quem está tomando isso?
— E eu sei?
— Já sei. O remédio está aqui no bolso da minha cueca. Eu dormi com ele para não ter o perigo de não achá-lo depois. Pronto aqui está – ele diz, orgulhoso. – Memorativax.
Então os dois tomam três comprimidos cada um. Depois de algum tempo, ele pergunta:
— Do que estávamos falando mesmo? Minha cabeça esta péssima.
O remédio parece fazer efeito mais rápido para ela.
— Lembrei! Eu estava furiosa te perguntando por que você nunca jogou o meu passado na minha cara. Por quê?
— Por que eu nunca joguei o passado na tua cara ou por que você estava me perguntando isso? O que você quer saber?
— A primeira opção: por que você nunca jogou o passado na minha cara?
— Você ainda pergunta? Como eu poderia jogar o teu passado na cara se eu não sei nem o meu?
— É, isso é.

— Mas me diz: por que eu deveria jogar o seu passado na cara? Você fez alguma coisa de ruim?

— Não. Acho que não. Jogar o meu passado na cara é só uma forma de expressão. O que eu queria é que você falasse sobre meu passado para eu saber o que fui, entendeu?

— É. Se for isso, você não usou o termo correto. Eu só posso jogar na cara uma coisa ruim que você possa ter feito ou sido.

— É, isso é – ela concorda novamente.

Ele parece estar raciocinando um pouco melhor, já começa a se lembrar de algumas passagens. As lembranças se tornam mais nítidas. Pedaços de imagens, cenas embaralhadas.

— Ué, espera aí. Mas não combinamos isso, não combinamos?

— O quê?

— Combinamos que eu não poderia jogar o seu passado na cara. Antes de a gente se casar você me fez prometer que eu nunca tocaria nesse assunto, sob a pena de te perder. Lembra-se?

— Nós não combinamos nada – ela responde. – Pelo menos acho que não.

— Combinamos sim.

— Quando?

— No dia em que te pedi em casamento. Você estava de vestido azul em frente à igreja de Guadalupe, chovia torrencialmente, lembra?

— Lembro! – mente ela. – Mas aquela era uma chuvinha de nada.

— Imagina. Uma tempestade e tanto. Um dilúvio.

— Para mim, era uma chuva molha bobo.

— O que é isso? Aquela foi a maior chuva que caiu na região de Ribeirão Preto até hoje.

Ribeirão Preto? Eu nunca fui a Ribeirão. Ela pensou em dizer, mas em vez disso, achou que era melhor usar outra tática:

— Verdade, lembrei. Era uma chuva incrível mesmo.

— Pois é. Nesse dia, você me disse textualmente: "Eu caso com você, mas se algum dia você ousar tocar no meu passado eu te abandono." Me fez jurar pela minha mãe, inclusive na frente dela, que eu nada falaria. E eu jurei. Lembra-se?

Ela não se lembrava de nada. E pelo que sabia, ele nunca havia conhecido a mãe. Não era órfão? Entretanto, como era inteligente, resolveu deixar esses detalhes de lado e entrar no jogo dele.

— E você acreditou? Que droga de homem é você? Não sabe como são as mulheres? Não sabe que nós dizemos uma coisa, mas na verdade queremos dizer justamente o contrário? Eu esperava que você quebrasse o juramento, que você falasse qualquer coisa sobre meu passado, mas isso nunca te incomodou. Se eu fosse qualquer outra coisa não mudaria nada. Não faria diferença nenhuma para você – e fazendo cara de choro. – Grande amor você sente por mim.

A memória dele não o ajuda, falha no momento em que mais precisa. Vai e volta como uma barata tonta, mas como ele havia começado aquela história, não poderia recuar. Blefa:

— Tá bom, se você quiser eu falo. Eu jogo tudo aquilo na tua cara. É o que você quer? Tá preparada?

Súbito, uma esperança. Ela se anima tremendamente.

— Claro. Eu tô louca para saber do meu passado. Louca. Vamos, me conta. Por favor!

Ele se arrepende e é sincero:

— Ora eu já disse, desculpa, eu não lembro nem do meu, vou me lembrar do seu?

— Mas você disse... — de repente ela entende tudo, ele havia blefado. — Droga. Eu tinha esperança.

Vendo a decepção dela, algo surge na mente dele. Uma visão. Talvez fosse aquilo.

— Acho que eu me lembrei. Quer mesmo saber?

Ela recua. Agora sente medo de que ele invente um passado para ela. Afinal, não sabe o caráter daquele homem que está com ela. Um passado que não era o dela? Isso era possível, ela não se lembrava de nada. Ela pensa em usar uma nova tática.

— Agora não adianta, não tem mais valor. Você vai fazer isso só porque eu falei. Eu queria que fosse uma coisa que tivesse partido de você.

— Mas eu jurei que nunca ia falar, pombas. Você me fez jurar. Não fez?

Os dois estão confusos. Não têm segurança alguma da realidade e sem saber mais distinguir o que é ou não verdade, ela fala:

— Mas era para você quebrar o juramento, já disse. Eu queria ver você jogando um monte de coisa na minha cara para provar que me ama. Veja meu caso, por exemplo, eu não prometi que nunca mais iria espremer seus cravos? Pois então, eu quebrei o juramento, não quebrei? Quebrei. Agora mesmo eu espremi um porque minha vontade de espremer teus cravos é mais forte do que eu. Me supera, me incomoda. Eu queria que meu passado te incomodasse e que você tocasse nele para desabafar, entende? Entende o que eu digo? Pode parecer maluca essa minha comparação, mas é assim que eu me sinto.

— Olha, tudo bem. Mas você prometeu que não espremeria mais espinhas. Cravos você nunca conseguiu prometer.

— Não?

— Não. Disse que não poderia prometer uma coisa que não poderia cumprir. Por isso, só prometeu que nunca mais espremeria espinhas, mas mesmo assim você mentiu. Isso aqui — ele mostra um buraco no ombro — era uma espinha.

— Isso era um cravo — diz ela, examinando-o.

— Espinha.

— Cravo.

— Espinha — ele insiste.

— Cravo. Cravo não é aquilo que quando fica maduro fica com a pontinha amarela e é assim mais bojudinho?

— Isso é espinha.

— Cravo.

— Espinha.

— Tá. Pode ser que eu não me lembre mais do que seja um cravo ou espinha, mas isso não vem ao caso, o que importa é que você nunca jogou o meu passado na cara.

Ele está cansado, de saco cheio daquele papo chato, repetitivo. O sono começa a vencê-lo e mesmo não se lembrando de nada, ele blefa novamente.

— Quer calar a boca? Você não tem a mínima moral para reivindicar nada de mim, com um passado tão... tão... lastimável.

Ela se assusta com as palavras duras dele, porém logo em seguida, sente um delicioso delírio. Está quase emocionada. O jeito rude que ele falou com ela só podia significar que ele sentia alguma coisa. Ele a amava sim. Ele era seu marido sim.

— Eu te amo, Venceslau — diz ela, derretida.
— Penélope, meu nome é Penélope.
— Não é Venceslau?
— Não. Mas que coisa.
— Não precisa ficar nervoso. Tenha um pouquinho de paciência comigo, por favor.
— Tudo bem.
— Ainda bem que você é compreensivo, Pené... — ela tenta dizer o nome dele, mas não consegue.

Ele ajuda:
— Penélope. Meu nome é Penélope. Será que você ainda não decorou?
— Mas Penélope não é nome de mulher?
— Não.
— É sim.
— Não é, Leandro.
— Leandro? — ela se assusta.
— É, Leandro. Seu nome. Ou não é? Vai me dizer que você se chama como?
— Ed? — arrisca ela, chegando perto dele e tentando espremer mais um cravo. Ou seria uma espinha?

CORDEIRO DE SÁ

DE BAR EM BAR.
A VIA-CRÚCIS DE UMA AMIZADE QUE FOI PRO BELELÉU

I. BAR BARBARIDADE

Eram cinco amigos inseparáveis, como devem ser os amigos. Onde estava um, estavam todos impreterivelmente. Todos, sem exceção. Nesse momento, por exemplo, quatro estavam reunidos no Bar Barbaridade: o mais gordo, o mais novo, o mais velho e o mais baixo. Só faltava o mais alto, que ninguém sabia onde estava.

– Vou contar uma coisa pra vocês... – começou a dizer o mais velho depois da quinta rodada de chope. – Que ninguém... – ele sabia fazer suspense – ... vai acreditar.

Falou assim mesmo, pausadamente, saboreando cada palavra e entornando lentamente o seu copo de chope para aproveitar ao máximo o tempo que antecederia a sua grande revelação.

Seus amigos olharam para ele com extrema curiosidade, loucos para saber o que era. Então, o mais velho falou, dando tanta ênfase na última palavra que fez questão de repeti-la:

– Sabem o que é? É o Grandão. Ele é... como vou dizer? Bicha... Bicha!

Agitação, mal-estar, calor instantâneo, calafrios, confusão, incerteza, palidez, dor no estômago, goladas histéricas de chope, mordidas vorazes no provolone à milanesa, engasgos, tosse, pisões no pé e até uma lágrima discreta, mas presente.

— Como você sabe? Como você descobriu? — perguntou o mais baixo, pálido.

— O que você disse? — perguntou o mais gordo, perplexo. — Não acredito!

— Repete se for homem — desafiou o mais novo, estupefato.

— O Grandão é bicha — o mais velho confirmou calmamente, batendo com o copo na mesa e fazendo cena. — Falei que vocês não iriam acreditar — E depois de uma pausa, acrescentou. — Se alguém me contasse, eu também duvidaria, podem acreditar. Mas é a verdade. Pura e cristalina.

Passado o impacto do susto inicial, todos estrilaram de verdade e fizeram o que se espera dos amigos: revezaram-se em defesa do Grandão, o superamigo ausente, metralhando o mais velho, ora com ironia, ora com rispidez:

— Conta outra... Essa foi boa. Bela piada.

— Com isso não se brinca, pô.

— De onde você tirou um absurdo desses?

— Você ficou louco! Louquinho da Silva.

— Nunca ouvi tamanha bobagem!

— Quem você pensa que é?

O mais velho interrompeu aquelas manifestações de solidariedade, levantando-se rapidamente e apoiando as duas mãos na mesa, ele anunciou:

— Vou ao banheiro pra dar um tempo. É. Pra vocês se refazerem do choque, e já, já eu volto para contar tudo — deu mais uma golada e complementou. — Como foi que eu descobri isso.

Foram minutos intermináveis de espera, angústia e dúvida. Um mal-estar generalizado tomou conta deles. Ninguém conseguia olhar para ninguém. O mais novo pensou na guerra atômica. O mais baixo pensou em cisnes brancos. O mais gordo em uma torta de chocolate com cobertura de amêndoas. Ninguém teve coragem de abrir a boca. Minto. Beberam sim, e muito.

— Agora fala — disse o mais novo para o mais velho, logo que este voltou.

— Olha gente. Eu sei que é difícil pra todo mundo, mas é verdade verdadeira. Eu vi o Grandão saindo do motel com outro cara. Eu vi.

— Mentira! Não pode ser — gritou o mais baixo. Depois um pouco mais calmo. — Quando foi isso? Quando?

— Você tem certeza que era ele? — questionou o mais gordo de boca cheia, tentando acalmar os ânimos.

— E por um acaso eu não sei reconhecer um amigo? Alguém aqui acha que eu seria capaz de confundir algum amigo? Acha?

Nisso chega um cara e o mais velho cumprimenta:

— E aí, Paulão?

O outro devolve com raiva:

— Eu não sou o Paulão. Sou o Flavião.

O mais gordo não conteve a gargalhada.

— Não me olhem com essa cara de vencedores, não. Acham que o castigo veio a jato? — perguntou o mais velho limpando a boca com as costas da mão. — Bobagem. Esses dois são gêmeos e além do mais não são meus amigos, só conhecidos. Meus amigos são vocês.

O mais gordo continuava rindo:

— Ah, então tá. Tá explicado.

— Conta melhor essa história, Véio — pediu o mais novo, visivelmente ansioso e transtornado. — Quando foi isso? Quando foi que você viu o Grandão com esse cara. E me diz: você estava com quem no motel? Com quem? Posso saber?

O mais velho explicou mais do que depressa:

— Eu estava passando, eu disse passando hein, em frente ao Studio A+ Motel, quando vi o jipe do Grandão saindo de lá. Então, pensei comigo: puxa o cara está gastando... Motel cinco estrelas.

— Desgraçado! — xingou o mais baixo.

— Que foi? — o mais velho perguntou.

— Nada — disfarçou o mais baixo. — É que ele está me devendo e fica aí esbanjando. Continua.

— Calma, Baixinho. Talvez o cara que estava com ele que pagou. Fez as vezes de macho em todos os sentidos. Em todos, eu quero dizer — brincou o mais gordo.

— É, pode ser — concordou o mais novo.

Gargalhada quase geral. O mais baixo foi o único que não riu. Sério, perguntou:

— Tem certeza que era o carro dele?

O mais velho fez uma expressão grave:

— Eu vi o colante do aikido.

— Ih...

Balbúrdia geral. Todos falavam ao mesmo tempo. Até que o mais velho perguntou bem alto:

— Gente, posso continuar?

Os outros ficaram quietos.

— Bom, aí eu segui o carro para dar uma olhadinha na gata. Pensei que ele estivesse com uma mulher, claro, mas quando consegui emparelhar os dois carros, tive o maior choque... Qual não foi a minha surpresa, quando eu vi que o Grandão estava do lado do passageiro e quem dirigia o carro era um cara.

O mais gordo estranhou:

— Um cara dirigindo o carro do Grandão? Não pode ser. Ele morre de ciúmes daquele carro. Nunca deixou nenhum de nós sequer tocar no volante dele, quanto mais dirigir...

— Desgraçado! — tornou a xingar o mais baixo.

— É o amor, gente — disse o mais novo, irônico. — É o amor.

O mais baixo perguntou:

— Era bonito?

— O amor ou o cara? — debochou o mais gordo.

— O cara que estava com ele, oras — esclareceu o mais baixo. — Ele era bonitão?

O mais velho disse:

— Para de tirar sarro, Baixinho. Que importância tem isso?

— Eu não estou tirando sarro, eu quero saber — disse ele, com voz incisiva.

— Não vi direito. Acho que era. Era sim. Muito bonito pra falar a verdade. Eu não sou de achar homem bonito, mas o desgraçado era bonito — confessou o mais velho.

— Desgraçado! — o mais baixo xingou pela terceira vez, aproveitando a deixa.

— Pelo menos isso — disse o mais gordo. — O Grandão sempre teve bom gosto.

— Ele te viu, Véio? — alguém perguntou.

— Acho que não. Estava muito ocupado. Os dois estavam fazendo carinho um no outro.

– Jura? – perguntou o mais gordo, ensaiando uma cara de nojo.

– Infelizmente – o mais velho lamentou. – Era uma bichice só.

– O Grandão! Quem diria... – falou o mais novo.

– Sei lá. A gente pensa que conhece os amigos, as pessoas, mas tem cada surpresa! – comentou o mais velho. – Nunca esperava uma coisa dessas do Grandão. Que decepção, né?

E o mais gordo:

– Espera aí, turma. Antes da gente condenar o cara, precisava ouvir o que ele tem a dizer. Saber os motivos dele.

– Sei não. Não tenho coragem de tocar nesse assunto.

O mais velho concordou com o mais novo:

– Nem eu. Se ele não nos contou nada até hoje, é porque tem vergonha.

– É melhor a gente ficar quieto mesmo. Vai que a gente fala e aí ele se libera e me dá uma cantada? Já pensaram? – era o mais novo de novo, soltando seu veneno.

Você não presta, ia falar o mais baixo, mas preferiu ficar calado.

– O medo dele é o Grandão fazer isso e ele aceitar – brincou o mais gordo, que de todos era o mais bem-humorado.

E o mais novo:

– Bem, vocês podem me chamar de maldoso, mas eu sempre percebi que o Grandão tinha um jeitinho meio enrustido. Ele nunca me enganou.

– Corta essa. Você está impressionado com essa história e agora fica querendo achar chifre em cabeça de cavalo

– apesar de piadista, o mais gordo insistia em defender o Grandão.

O mais velho disse:

– Não sei não, mas estou começando a concordar com o Nil – New era o mais novo, mas o Véio o chamava assim por não saber falar inglês. – Pensando bem, o Grandão nunca foi tão machão assim. De vez em quando tinha uns gestos, umas poses... Lembram daquele carnaval em que ele saiu no Bloco das Piranhas? Era o mais animado, requebrava pra burro.

– Qual o quê! Você é que parecia uma doida, Véio. Toda requebrante e dengosa. Dava até pra desconfiar – zombou o mais gordo.

Sem graça, o mais velho respondeu.

– Eu estava bêbado, gente. Bê-ba-do!

– Desculpa! – pediu o mais gordo.

– Desculpa uma ova. Eu estava bêbado mesmo – ele repetiu.

– Se liga, Véio. Eu não estou falando com você – esclareceu o mais gordo. – Eu estou pedindo desculpas para o Baixinho. Acabei de pisar no pé dele.

E, súbito, o mais alto perguntou:

– E você, Baixinho? Não vai falar mais nada? Ficou quieto de repente.

– Estou besta, não sei o que falar. Sei lá. Acho que você pode ter se enganado.

– De jeito nenhum. Era o Grandão, sim. Eu juro.

– Tá. Tudo bem. Mas eu ainda confio nele – disse o mais baixo, sem convicção.

– Se vocês não querem acreditar, tudo bem, mas eu estou falando a mais pura verdade. Eu não viria com uma história dessas se eu não tivesse certeza absoluta, tá certo?

É, isso era. O mais velho, pelo que se sabia, não era de inventar coisas e nem de fazer intrigas. Convencidos, tristes e pensativos, todos viraram seus copos de chope ao mesmo tempo como se tivessem ensaiado. Era o fim.

– Bom, eu vou embora, acho que por hoje chega. Nil, você vai comigo? – perguntou o mais velho para o mais novo.

– Vou. Vou aproveitar sua carona.

– E vocês, vão ficar? – perguntou o mais velho para os outros dois.

– Não, eu preciso ir embora também – disse o mais gordo pegando o último pedaço de filé.

– Eu vou ficar – falou o mais baixo.

– Então, tchau.

– Tchau, a gente se fala.

Despediram-se com os cumprimentos habituais, mas sem a alegria que sempre caracterizou aquela turma. O mais baixo ficou sozinho, bebendo triste. Pensava em como os cisnes nascem patinhos feios antes de se transformarem em lindos animais. A natureza tem cada mistério...

Depois de algum tempo, chegou o Grandão todo alegre e saltitante.

– E aí? Cadê a turma? Não me diga que já foram, cedo assim...

O mais baixo ficou impassível.

– O que foi? Aconteceu alguma coisa? Você tá com uma cara...

Ele teve que se esforçar para responder:

– Nunca pensei que você fosse capaz disso.

– Do que você está falando?

– Estou muito decepcionado contigo, sério. Eu confiava muito em você. Não dá pra confiar em homem mesmo. Bem que minha mãe me avisou.

– Quer fazer o favor de falar o que aconteceu?

Para ganhar força, o mais baixo mentiu:

– Eu vi você saindo do motel com um cara, não adianta negar.

– Eu... Tá ficando louco? Perdeu o juízo?

– O quê? Você vai falar o quê? É melhor você não dizer nada, por favor. Eu não quero ouvir nada. Nada – disse ele tapando os ouvidos.

O Grandão, sem graça e sem saber o que falar, continuou a ouvir o que o amigo dizia:

– Mas sabe o que me dói mais? Sabe? É você nunca ter deixado que eu dirigisse o seu carro. Era o meu grande sonho. Sempre foi.

Jogou o restinho de chope na cara do outro e foi embora para casa chorar, que cama é que é lugar quente, mas antes deu uma bela riscada na pintura do jipe do Grandão. Ele bem que merecia.

II. BAR BARBIE

Agora eram quatro amigos in-separáveis, já que o Baixinho sumiu. Depois daquela fatídica noite nunca mais ninguém ouviu falar dele. Ele se mandou para sempre. Dizem que com um professor de jiu-jitsu.

Nesse momento, três desses quatro amigos inseparáveis estavam reunidos no Bar Barbie, o novo ponto de encontro deles. O mais gordo, o mais novo e o mais alto. Só o mais velho não está presente. Parece que está gripado.

– Vou contar uma coisa pra vocês... que ninguém... vai acreditar – disse o mais alto. Falou desse jeitinho mesmo, pausado, degustando sua vingança e bebericando um copo de coquetel de frutas o mais lento que podia para aproveitar plenamente o tempo que antecederia a sua estrondosa fofoca. Os outros dois olhavam para ele com olhos atentos, curiosos. Já tinham visto aquele filme antes e não queriam perder nenhum detalhe da nova versão.

– Para de fazer suspense – um deles falou.

Então, braços abertos em crucifixo, o mais alto suspirou:

– O Véio é bi!

Frustração. Vaias. Descontentamento. Eles esperavam ouvir qualquer coisa, menos aquilo.

– Não diga! – o mais gordo tirou sarro. – Grande novidade.

– Até parece que você não sabe que todos nós somos. O Véio, inclusive, foi o primeiro a confessar – disse o mais novo, desapontado.

– É. Esqueceu que todos nós nos revelamos, soltamos a franga de verdade depois que descobrimos que você era gay? – disse o mais gordo, que agora entre eles, fazia questão de ser chamado de Maria Fofa.

– É, Gran. Pensei que ia ouvir a maior novidade. Que bobagem é essa? Você tá por fora, hein? Desatento que só vendo. Que brincadeira é essa?

O mais alto insistiu, batendo palmas:

– Lindinhas, eu estou falando que o Véio é bi... Bissexual! Prestem atenção!

– Ahn? – assustou-se o mais novo.

— Credo! – exclamou o mais gordo. – Deus me livre. Por essa eu não esperava.

E continuou:

— Ele sai com mulher também? Que horror!

— Como foi que você descobriu? – perguntou o mais novo, curiosíssimo.

— Por acaso. Eu estava na casa do Cesinha fazendo tricô, ele estava me ensinando um ponto novo, né, quando pela janela eu vi o Véio passeando de mãos dadas com uma garota. Então eles pararam ali perto e começaram a se beijar.

— Tem certeza?

— Claro.

— Era bonita? A menina era bonita? – quis saber o mais novo, despeitado.

— Um horror. Tinha um cabelo triste. Feiosona mesmo.

— É. O Véio nunca teve bom gosto mesmo – comentou a Maria Fofa, sem pensar. Depois percebendo o fora, tentou consertar, pedindo desculpas para o mais novo:

— Desculpa, eu não quis dizer isso.

É que assim como o mais alto tinha sido namorado do mais baixo, o mais velho e o mais novo haviam tido um caso, tórrido relacionamento. O mais novo, que era feio mesmo, falou:

— Tem certeza que era mulher? Será que não era travesti?

— Não era. O Cesinha conhece a moça. É filha de um vizinho dele – respondeu o mais alto, convicto.

— Puxa! – exclamou o mais novo. – Que droga! Que grande porcaria!

O mais alto consolou:

— Não chora, Baby — Baby era como o mais novo gostava de ser chamado agora.

— Mas ele me traiu! Me traiu!

— Ué. Mas vocês já não tinham terminado? — perguntou a Maria Fofa, confusa.

— Mais ou menos. Vocês sabem como é, não sabem? Sempre fica aquela coisa de... quem sabe não volta?

— Pô, Baby, não liga pra isso não. Essas coisas acontecem — o mais alto tentou consolar novamente. — A carne é fraca.

— Tá, eu sei. Eu sei. Se ele tivesse ficado com outro homem, vá lá, mas com uma mulher? Não admito. Não admito. Com uma mulher, poxa? — o mais novo não se conformava mesmo.

O mais gordo deu uma força:

— Tá bom, desabafa, desabafa!

Tirando a cabeça do ombro do amigo e enxugando as lágrimas, o mais novo disse:

— Depois você me ensina, Grandona? — Grandona, é claro, era como eles chamavam o mais alto nessa nova fase.

— O quê? — perguntou ele.

— O ponto novo de tricô que o Cesinha te ensinou.

— Claro. Mas é difícil, hein?

Baby disse:

— Não tem problema. Eu aprendo, eu aprendo... É que eu quero fazer uma blusinha e uma manta para o Véio. Agradar ele um pouquinho, né? É que o inverno tá chegando e ele é friorento que só vendo. Quem sabe assim, eu fazendo uma coisa que ele goste, a gente não volta? Quem sabe? Tem que ter esperança, não é?

O mais gordo e o mais alto se olharam sem graça. Estavam pensando a mesma coisa. Pobrezinho do Baby. Pobrezinho.

III. BAR BYE

A essa altura, eram três amigos inse-pará-veis, já que o mais novo se matou, não aguentou o tranco da traição, não aprendeu o ponto de tricô – era difícil mesmo, o mais alto não avisou? – portanto não viu utilidade nenhuma dele aqui na Terra.

Nesse momento, dois desses amigos estavam reunidos no Bar Bye. O Véio, que é o mais velho e faz absoluta questão de continuar sendo chamado assim (apesar da insistência dos amigos em chamá-lo de Velhusca), e o mais alto, a Grandona. Eles estão bebendo todas, absortos em seus pensamentos, entregues às suas reminiscências.

Está o maior clima entre eles, absurdamente pesado. Um culpa o outro pela decadência da amizade da turma, pelas revelações e fofocas descabidas.

Por que foram abrir a boca? Por quê? Os dois se martirizam e têm vontade de dizer: "Escuta aqui, vou contar uma coisa pra você..." Mas ambos desistem. Preferem ficar calados, aprenderam a lição. Além do mais, um acha que o outro não vai entender o seu raciocínio, que basicamente é o mesmo: "Para uma amizade permanecer intacta, amigos têm que ser inseparáveis mesmo, sempre. Não pode dar as costas, estar ausente nunca, para não dar oportunidade de um falar o que quer que seja do outro." Porque senão... acontece o que aconteceu.

Pois é. Até agora ninguém falou nada e pelo jeito nem vai falar. Ao que tudo indica, hoje nenhum deles tem nada pra contar. Só uma certa raiva, uma mágoa muito grande e louca para sentir um do outro, silenciosamente. E em silêncio, eles pedem mais uma dose para o garçom. Sempre em silêncio.

IV. BAR B

Eram amigos in-se-pa-rá-ve-is. Tanto que neste exato momento, apenas um está no Bar B. O mais magro, que já foi o mais gordo, que já foi o mais engraçado da turma, que já foi chamado de Maria Fofa e agora tem o sugestivo apelido de Pau-de-Virar-Tripa.

Está triste, abatido, cheio de olheiras e bebendo feito um maluco. Já cheirou três carreiras e ainda não se conforma com que aconteceu com a turma. Por isso, de repente, ele começa a falar:

– Vou contar uma coisa que ninguém vai acreditar...

Levanta-se da cadeira e repete aos gritos:

– Ouviram? Vou contar uma coisa pra vocês... que ninguém... ninguém vai acreditar...

As poucas pessoas presentes no bar olham para ele, assustadas, curiosas e cheias de piedade. Mas ninguém pergunta nada e ele não completa a frase. Apenas deita na mesa e explode em lágrimas. É um choro sincero. Pleno. Avassalador. E... ina-cre-di-tá-vel!

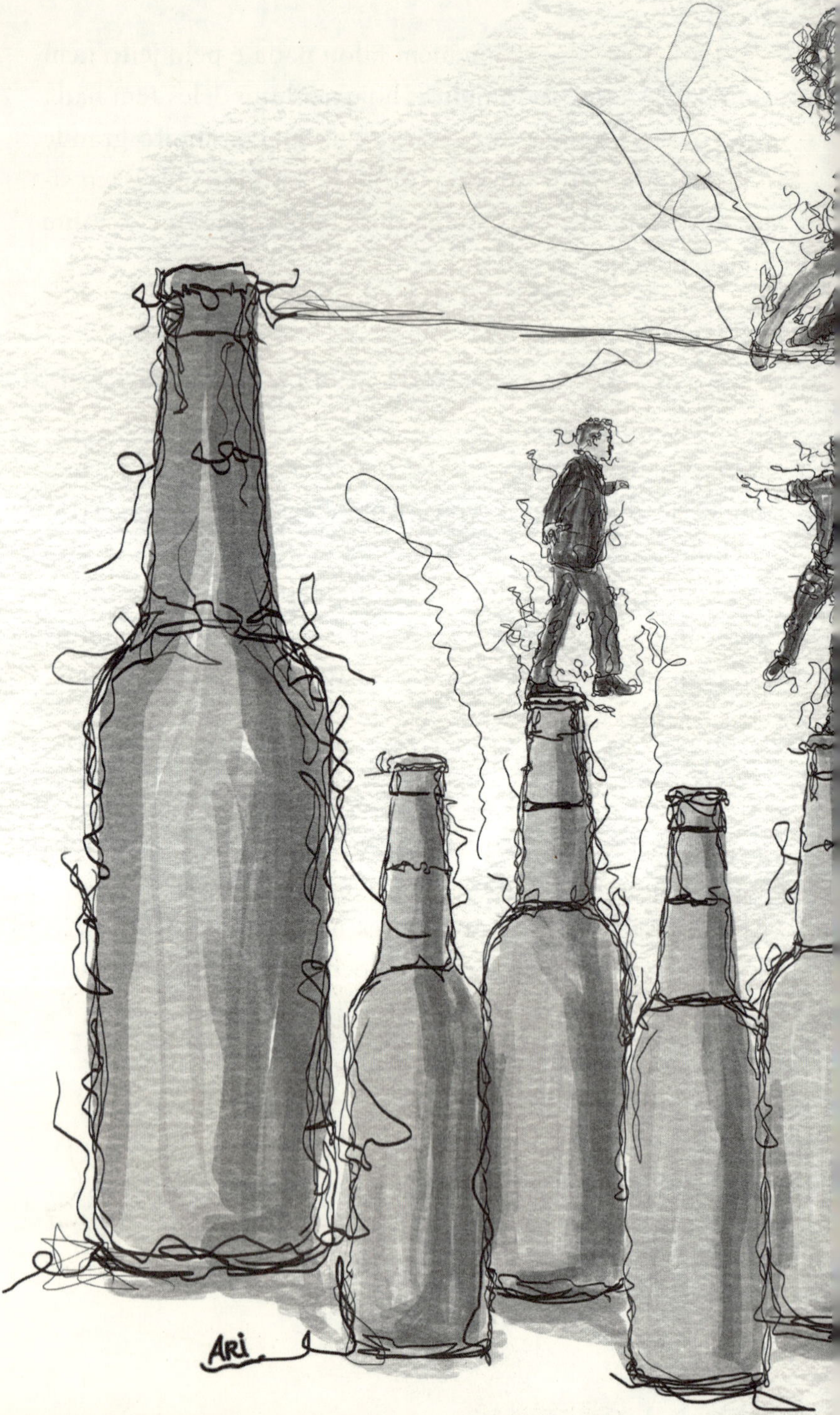
ARi

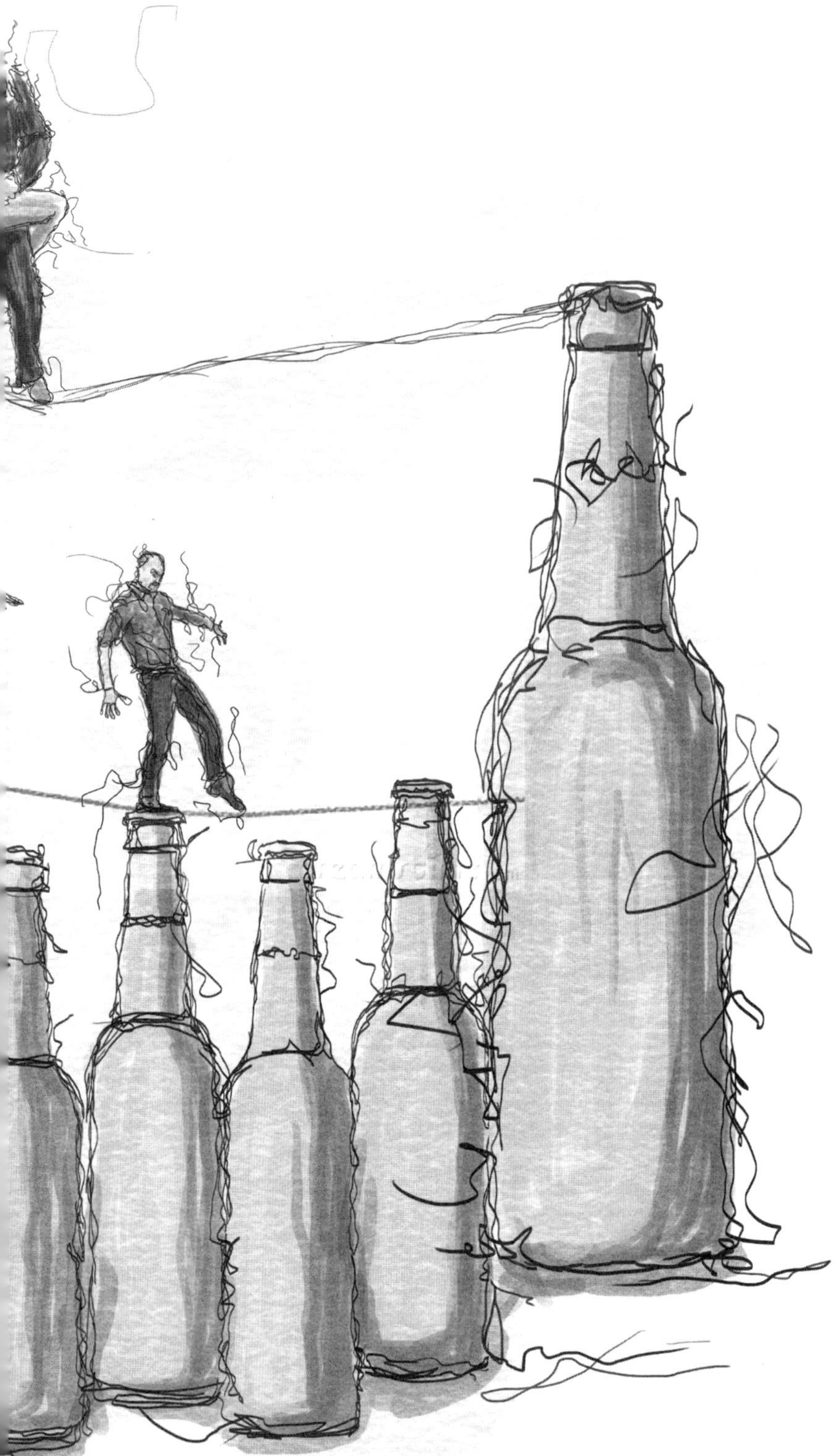

CONFORME A MÚSICA É QUE SE DANÇA

O BAR QUE FREQUENTAMOS toca o mesmo repertório há um tempo considerável, o que vem nos causando um mal-estar generalizado, sucessivas dores de cabeça e aborrecimentos irreparáveis, pois quando ouve "O bêbado e a equilibrista", Maneco fica impossível. Nosso amigo entra num estado intransigente de depressão, fica sentimental que só vendo e dá um show de mau gosto em matéria de desabafo e indiscrição.

Mal começam os primeiros acordes da música, ele interrompe seja lá o que for que estiver fazendo e começa a exorcizar seus demônios. É impressionante. Faz todas as confissões do mundo. Enumera todas as suas maldades, uma a uma, sem o mínimo pudor ou constrangimento.

Nós – a sua turma de bar, homens feitos, sessentões – já nos acostumamos com isso. Ainda que a contragosto. Sabemos que quando a Banda Belas Intrigas começa a tocar essa melodia, a voz do Maneco fica embargada, seus olhos mudam de cor e ele desanda a contar os seus pecados.

No começo eram coisinhas bobas, inofensivas, do tipo: *Quando eu tinha seis anos eu gostava de jogar cola em formigueiro. Ficava vibrando vendo aquelas criaturinhas indefesas morrerem pela minha mão. Achava o máximo ser exterminador de formigas.* Nós até ensaiávamos algumas risadas, e as confissões, se não paravam por aí, pelo menos não iam mais longe, não tinham maiores consequências já que eram todas mais ou menos nessa linha: *Sabem do que* eu gostava de fazer na minha infância? De roubar. Eu roubava chocolate no supermercado... É isso aí. Eu já fui ladrão e uma vez ladrão... sempre ladrão. Cuidado comigo, pessoal. Não deixem a carteira na mesa.

Tinha vezes que se não chegávamos a nos divertir com essa mania do Maneco, pelo menos não nos aborrecíamos tanto. Uma noite ele nos contou: *Um dia, depois que minha mãe me bateu eu desejei que ela morresse. Cheguei a planejar o seu assassinato, sabiam? Cheguei a comprar veneno e tudo o mais. Eu ia matá-la envenenada, mas na hora me faltou coragem. Sempre fui um covarde mesmo.* Até aí, tudo bem, quer dizer, tudo bem em termos, dava pra perceber alguma coisa de errado nele, mas não considerávamos que isso fosse pra frente.

O problema (e é isso que nos tem deixado em estado de alerta) é que agora a cada dia que passa, sua culpa e seu remorso estão maiores e mais graves e vão tomando formas mais assustadoras. E o pior de tudo é que se referem a nós: aos seus velhos e bons amigos.

– Sabe quem falou mal de você pra Edna, Maurão? Eu, por pura inveja. Fiz a maior caveira sua. Inventei que você era bicha. Por isso é que ela te deu um pé na bunda.

Ele pede desculpa e põe a mão no ombro do amigo.

– É, Nenê, fui eu que contei pra Lúcia que você deu a maior chifrada nela. Sou uma droga, mesmo. Foi mal.

Às vezes dá pena do Maneco.

– Sabe por que aquele seu emprego não deu certo, Bira? Porque eu torci contra. Com todas minhas forças. Foi sim. Eu joguei toda minha energia negativa para tudo sair errado pra você – e meio orgulhoso. – Acho que consegui. Pra falar a verdade, eu fiz macumba pra você. O nome dele é Pai Jacinto. Se vocês quiserem eu dou o endereço. É batata!

– Para Maneco, fica quieto – a gente ainda tenta consertar alguma coisa.

– Pô, eu preciso falar, deixa eu falar, gente. Eu tenho que desabafar – ele grita. – Didi, lembra aquela vez que você estava com pneumonia e seus remédios sumiram...

– Esquece isso – fala Didi, precavido.

– É mesmo – diz o Helinho.

– Tá legal. Mas eu já quis dar uns pegas na sua mulher, Hélio. Já passei a mão nela. No churrasco do Alencar. E olha, acho que ela gostou. Até sorriu pra mim.

– Maneco, fica quietinho – a gente implora.

Nossa sorte é que a música termina logo. E então o Maneco volta ao normal, principalmente porque a banda engata um *Vai Passar* do Chico. E aí, com a cara mais deslavada do mundo e como se nada tivesse acontecido, ele muda de assunto, geralmente contando uma piada infame. O problema depois é só administrar o clima pesado que fica na mesa.

Dessa última vez foi mais difícil, tivemos que segurar o Helinho. Segurar de verdade. Ele queria porque queria meter a mão na cara do Maneco. Dizia que ele já estava passando dos limites. Com muito custo conseguimos convencê-lo a esquecer da história, a mudar de ideia. Argumentamos que o Maneco estava possuído pela música (*assim como se diz?*) e não sabia o que estava fazendo (*não tem gente que fica possuído pelo demônio? Então, Helinho, vai ver é isso. Dá um desconto, vai*). Ele deu e só assim parou de se debater.

– Ok – ele disse. – Podem me largar.

Nós obedecemos. Ele finalmente se acalmou, disse que ia passar uma borracha naquele assunto, mas com uma condição: de que mudássemos de bar. Escolhêssemos outro, qualquer um. Mas olha só, sem música ao vivo.

Nós concordamos. Não queríamos arrumar mais encrenca. E aí o Helinho, que já havia bebido muito além da conta, confessou, para o nosso espanto, quando o Maneco foi ao banheiro:

– O que eu não me conformo é o cara, um amigo meu, ter um mau gosto desses. A Dinorá? Pelo amor de Deus! E ainda por cima, passar a mão e não comer? Sacanagem. Sacanagem deixar a mulher na fissura, passando vontade, isso não se faz. Isso é muita maldade...

O Maneco voltou e ia falar alguma coisa, acho que sobre a vida das aranhas selvagens, só que o Neto – que era da turma, dono do bar, vocalista da banda e adorava um rolo –, não deixou. Chamou nosso amigo para um canto e o presenteou com um discman e um CD da Elis.

Ouvi o Neto dizer que era uma lembrança do bar para ele. E pela cara de satisfação do Maneco, aposto que ele vai carregar o aparelho e o CD pra cima e pra baixo. Principalmente quando for a bares sem música ao vivo. Daí é só apertar o *repeat* para ouvir "O bêbado e a equilibrista" quantas vezes quiser.

Eu não quero nem ver no que isso ainda vai dar. Mas, por precaução, vou baixar a música do Chico no meu celular: *Vai passar*...

FLORES

FLORES?

A PENÚLTIMA VEZ que encontrei o Peixoto foi em um velório.
– Quem diria, hein? O Cabralzinho. Não falei nada. Era melhor. Ele continuou:
– Mas também, não vamos lamentar, afinal ele não era nenhuma flor que se cheire. Não é porque morreu que vamos entrar nessa de "coitadinho". "Ai, ele era um santo". Hipocrisia! Ué, morreu, agora enterra. É a vida, certo? A lei da vida. Não é, não?
Sujeitinho à toa aquele Peixoto. Um poço de insensibilidade. Beirava à repugnância. Nunca em sua vida ouviu falar em desconfiômetro, ética, moral ou coisas do gênero. Amor também era uma palavra totalmente desconhecida pra ele.
Acendeu um cigarro, deu uma tragada.
– Comprou uma coroa de flores? Claro, você deve ter comprado. Eu não, acho a maior cagada gastar dinheiro com defunto. Pra quê? O cara está morto mesmo. Não sabe de nada. Só para fazer graça para a família? Besteira da grossa.
Falava alto, para todo mundo ouvir:
– Ele bebia demais, não é? Estava procurando o fim dele mesmo. Teve o que mereceu, o que procurou a vida inteira. Vou te falar: acho que ele era suicida.
Um grupo se manifestou. Alguém falou alguma coisa. Ele retrucou:

— Ah, não foi cirrose? Foi câncer? Dá no mesmo. A bebida contribuiu do mesmo jeito, parecia um maluco quando bebia. Não sabia parar. Sabem que até glicose ele já teve que tomar? Não sei quantas vezes.

E falou mais alto ainda:

— Estava reparando, existe uma grande vantagem em se morrer jovem. Pelo menos o seu velório fica cheio de gente bonita... Vou te contar, tem cada mulher linda aqui. Parabéns!

E pra mim:

— Viu aquela de preto? Um arraso. Chorando então, fica mais bonita.

Era a viúva. Fui tomar um café, ele veio atrás:

— Viu quem está aí? A Noêmia. Como ela teve a cara de pau de aparecer? Depois de tudo o que aconteceu. Deu o maior pé na bunda do Cabralzinho. O coitado sofreu pra burro por causa dela. Tem gente que só aparece nessas horas.

Eu não estava suportando, mas se falasse alguma coisa era pior, se desse trela pra ele, desembestava a falar que não parava mais. Por causa desse jeito falastrão, ele tinha o corpo todo marcado por cicatrizes. As pessoas partiam pra ignorância com ele, em grupo, porque a droga é que ele era enorme. Dois metros e tanto.

— Fazer o quê? Ele se foi, a vida continua, devíamos até nos alegrar, é menos um concorrente pra nós. Pense nas vantagens, até que saímos ganhando, principalmente você. Ele sempre roubava suas namoradas... Mesmo depois de casado não conseguia sossegar, só se ferrou com a Noêmia — e riu, esnobe.

Voltou a elevar a voz, como se fizesse um discurso:

— Bom, eu vou embora. Chega de perder tempo, a vida é muito curta para a gente ficar cultivando tristeza.

Depois falou um pouco mais baixo, só para mim:

— A esbórnia me espera. O sexo e a luxúria. Vou aproveitar porque nunca se sabe quando chega a nossa hora. Tchau.

Todo mundo dirigiu a vista para mim minutos depois dele ter saído. O castigo veio a galope, montado em um caminhão azul com placa de Salvador. Logo ali na esquina, após ter passado em um sinal vermelho, o para-choque do veículo mordeu a lataria lateral do carro do Peixoto e, faminto como uma lima nova, foi mastigando tudo o que encontrou pela frente: retrovisor, porta, banco, câmbio, pés, braços, tronco, crânio... No final, cuspiu uma gosma formada por ferro, plástico, ossos, pele, sangue e combustível. O som estrondoso da batida chamou a atenção de todos.

Pelo jeito que me olharam, devem ter pensado que eu tive alguma coisa com aquilo, uma praga rogada, talvez, mas minha consciência está tranquila. Não mexi uma palha. Só confesso que não lamentei. Por que lamentaria? Meu nome é Cabral e se não existe coisa pior do que enterrar um filho, deixar o mundo daquela maneira não deve ter sido nada bom para o Peixoto. Ficou uma semana na UTI, esmigalhado, corpo silencioso, alma gritando.

A última vez que o vi foi em um enterro. Olhei bem para os olhos dele, apesar de estarem completamente fechados. Fiquei alguns segundos e não mandei flores. Gastar dinheiro com defunto, para quê? Se ainda o desalmado tivesse família, quem sabe, mas nem isso. Pobre solitário.

Saí a pé. Melhor evitar andar de carro.

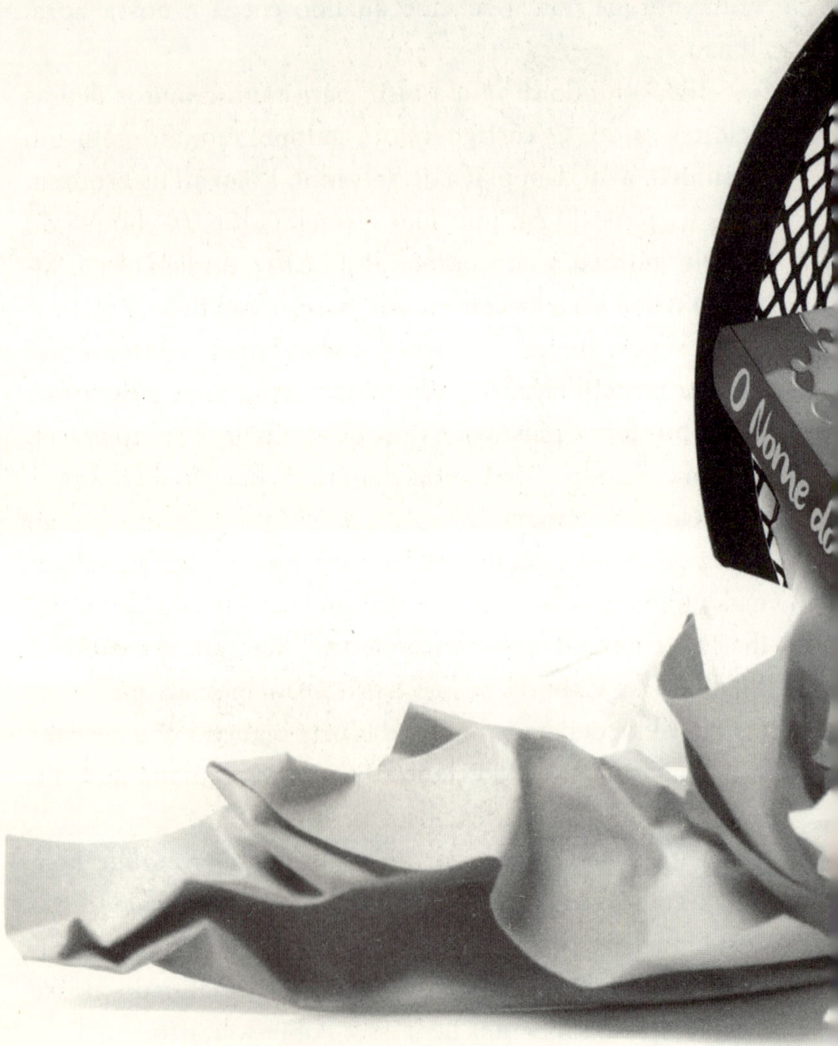
O Nome

fotomontagem: Allan Nogueira

TUDO EM NOME DO AMOR

— Que tal Edgard?
— Mas nem pensar! Nenhuma chance — e após um suspiro. — Mesmo!
— Por quê? Eu gosto tanto. Eu quero Edgard e acabou.
— Não senhora. Não adianta só você gostar e eu não. Tem que agradar aos dois.
— Mas Edgard é um nome superbonito. Eu adoro a fonética: Ed-gard. Tem estilo, charme, personalidade. É um nome e tanto, vencedor, sem dúvida. Um nome de campeão.
— Mas de jeito nenhum! Meu filho não vai ser chamado de Edgard, não.
— E por quê?
— Porque eu não gosto. Aliás, não suporto este nome. Edgard nunca.
— Por que não gosta? Que aversão é essa?
— Quer saber? Edgard era um cliente meu. Um cara indecente, chato, cri-cri, estúpido, metido a sabichão, arrogante, mal-humorado, mal-educado, mal-amado, mau-caráter... Edgard pra mim é a perfeita tradução de tudo o que há de pior no mundo.
— Que exagero! Ninguém chamado Edgard pode ser tão ruim assim.
— Ruim? Põe ruim nisso. Um filho da mãe completo.
— Pois a gente não combina mesmo. Pra mim, Edgard quer dizer beleza, simpatia, inteligência... Pra mim, Edgard

é uma pessoa bem-amada, bem-aventurada, bem quista, bem dota... enfim tudo o que há de melhor nesse mundo. Sabe que eu sempre quis ter um filho chamado Edgard? Foi tudo o que eu sempre sonhei.

– Foi?

– Foi.

– Pois bem, pode ser com outro. Porque comigo você não vai ter nenhum filho chamado Edgard. O meu filho, não! Se eu soubesse disso, nunca teria me casado com você.

– E nem eu com você!

– Olha, vamos ser objetivos: se pra mim Edgard significa uma coisa e pra você outra, não vai dar certo chamar o nosso filho de Edgard. Vamos pensar em outro nome.

– Eu quero Edgard!

– E eu não!

– Poxa! Edgard foi uma pessoa maravilhosa que eu conheci. Um cara que eu gostei muito. Meu primeiro namorado. Eu prometi pra mim mesma que eu teria um filho com esse nome.

– Vê só o que você está me falando. Vê que descaramento. Mais um motivo pra gente não colocar esse nome em nosso filho. Como pode? Pra você lembrar de um cara pelo qual era apaixonada? Pois sim...

– Então tá. Qual nome você sugere?

– Émerson, claro. Eu acho Émerson um bom nome. Um nome forte de verdade.

– De jeito nenhum. Meu filho não vai ficar sendo chamado de Juninho, não.

– Não precisa ser Júnior, podemos colocar o seu sobrenome.

— Olha, Émerson, sem essa de nome do pai, tá?

— Por quê? Se você tivesse se casado com esse tal de Edgard, você não colocaria o nome dele em seu filho? Então? Seria o nome do pai. Sai dessa agora, sai?

— Mas eu não casei com ele, infelizmente. Além do mais Edgard é um nome bonito, enquanto Émerson...

— Émerson é um nome horrível, não é? Olha só o que você está me dizendo. Olha só...

— Não é que é horrível. É que é um nome para bebê. Se ele fosse ser um bebê a vida inteira, tudo bem. Mas é que ele vai crescer. E esse nome não combina com gente grande. É um nome infantil.

— Mas e eu? Não cresci? E então, hein? Você quer dizer então que meu nome não combina comigo?

— Você não cresceu tanto assim. E além do mais você é uma exceção. É isso, uma exceção.

— Nunca vi desculpa mais esfarrapada.

— Não é desculpa. É o que eu sinto.

— Eu já disse: Edgard nunca.

— Émerson também não.

— Então vamos escolher um nome neutro.

— Qual?

— Não sei. Hermes, por exemplo.

— Se for para colocar o nome do avô, eu prefiro Edward.

— Ah, é? E por que será, hein?

— Porque eu gosto mais de Edward do que de Hermes.

— Ninguém em sã consciência gosta mais de Edward do que de Hermes. O nome do meu pai é bem mais bonito do que o nome do seu. Você está sendo tendenciosa.

Ela já estava abrindo a boca para responder que não era nada disso, mas não teve tempo, o médico interrompeu:

– Oi, eu lamento dizer isso a vocês, mas o tratamento não surtiu efeito. Você não conseguiu engravidar de novo, Paula. E eu sugiro parar com essas tentativas, isso está afetando a sua saúde. Você realmente não tem a mínima chance de ficar grávida. Eu sinto muito. É difícil dizer isso, mas é minha obrigação: desista. Para o seu próprio bem. Não adianta ficar se iludindo.

– Mas... – Émerson tentou dizer alguma coisa, mas não achou palavras. O médico continuou:

– Se eu fosse vocês eu tentava outra solução. Que tal uma adoção? Já pensaram nisso?

Paula não ouvia mais nada, agarrou-se ao pequeno crucifixo de ouro que carregava no pescoço e começou a chorar. Que droga! Dessa vez ela tinha certeza que estava esperando um bebê. Sentia com todas as suas forças que tinha um ser vivo no ventre, o seu filho. Sabia inclusive o sexo: um menino. Como então, podia esse médico acabar com a sua alegria, com os seus sonhos, assim de uma hora pra outra? E os sintomas? E a barriga? Estava mais saliente, não estava? Mais um alarme falso? Não podia ser. O que ela mais queria no mundo era ter um filho. Ter Edgard.

Émerson engoliu em seco e abraçou a mulher. Sabia que ela era contra a adoção, mas ele tinha que tentar alguma coisa.

Quarenta e três dias depois, Émerson faz uma surpresa para Paula:

– Que tal Edgard?

– Você só pode estar brincando.

– Eu acho um bom nome. Vencedor, como você mesmo disse. E ele tem cara de Edgard.

– Quer parar?

– Mas você não gosta tanto desse nome?

– Eu não vou batizar um cachorro com o nome de Edgard.

– Mas não é qualquer cachorro. É o cachorro que eu comprei pra você.

– O cachorro é meu?

– Claro.

– Então vou chamá-lo de Émerson.

– De quê?

– Disso mesmo que você ouviu.

– Ei! Pode parar. Émerson não. Você não disse que é um nome infantil?

– Por isso mesmo. Pinscher não cresce nada, não é? E o cachorro não é meu? Então! Eu ponho nele o nome que eu quiser. E eu quero que seja Émerson. É isso mesmo. Émerson. Um nome bom pra cachorro.

No dia seguinte.

– Paula, vem cá, vem!

– O que foi? Eu estou ocupada. O que você quer?

– Eu não estou falando com você. Tô falando com ela.

Ela em questão era...

– O que é isso?

– É uma cadela, oras. Não sabe mais reconhecer uma cadela? Deixa eu te apresentar pra ela: Paula esta é a Paula, e vice-versa. Eu achei que o Émerson iria ficar muito sozinho, então resolvi comprar uma companheira pra ele. E aí coloquei o seu nome. Claro, nada mais justo, pra te homenagear. Ela não é linda?

– Você fez isso?

– Gostou?

– Você não vai chamar essa cadela de Paula! Ah, não vai mesmo.

– Como não? Ela é minha... Paula, já pra fora!

– Émerson, eu não admito uma coisa dessas.

– Você está falando comigo ou com seu cachorro?

Um mês e meio depois...

– Paula, quando a Paula tiver cachorrinhos, o primeiro macho vai se chamar Edgard, não vai? Tem que chamar, afinal que outro nome pode ter um filho de Paula e Émerson, não é mesmo?

– Não enche, Émerson.

O pinscher uivou, magoado.

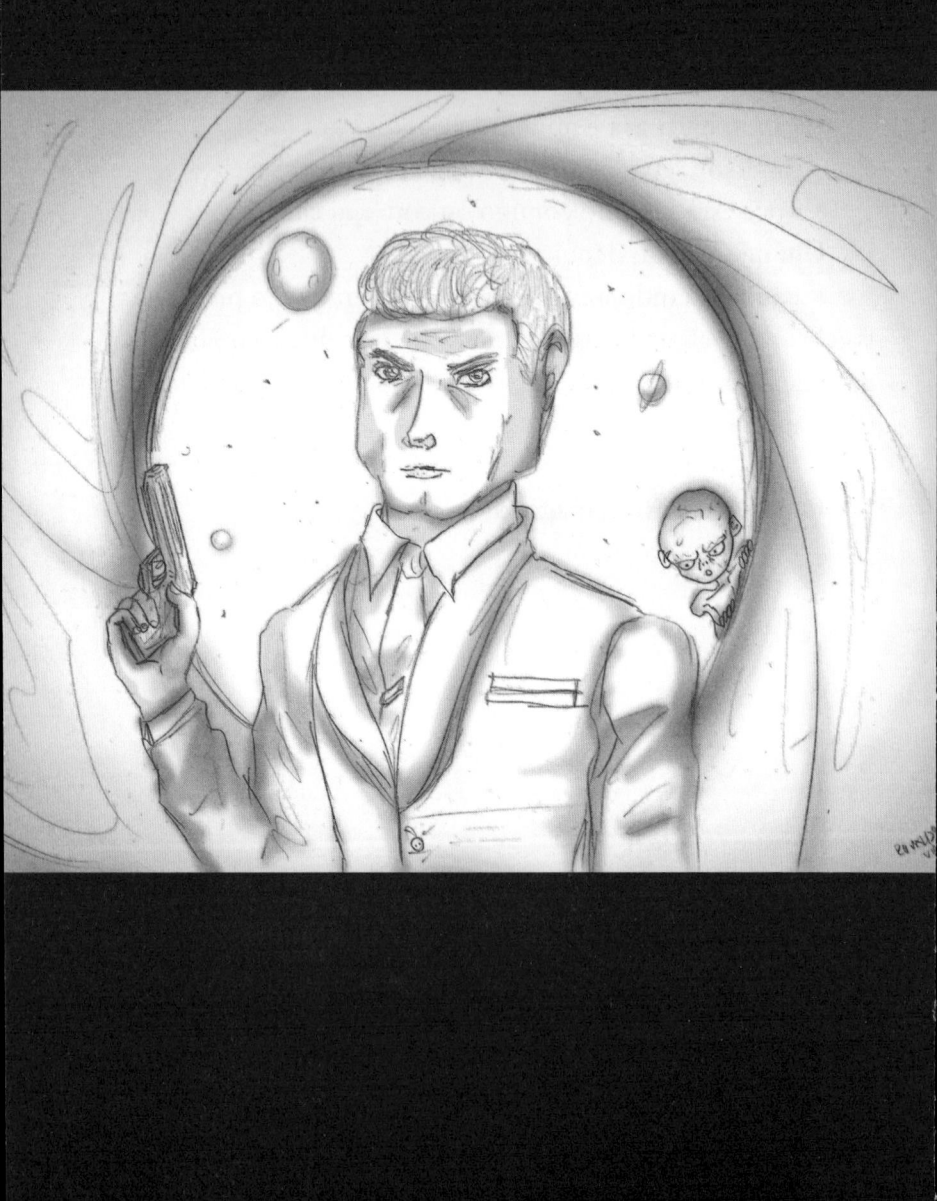

SERES DE OUTROS PLANETAS

JÁ HAVIAM PAPEADO sobre vários temas, coisas tolas que conversam dois namorados. Já haviam se beijado muitas vezes, se abraçado outras tantas, se acariciado mutuamente por um bom tempo, discutido bastante, reclamado um dos defeitos do outro, ou seja, não restava mais muita coisa a fazer naquela primeira noite de verão. Foi aí que ele puxou o assunto:
– Você acredita em seres de outro planeta?
Ela era pragmática e cética:
– Não.
– Por quê? – ele insistiu.
– Pô, sei lá.
Ele ficou chateado com a resposta dela e fez questão de demonstrar isso, talvez até começassem uma nova briga:
– Como "pô, sei lá"?
Mexendo no cabelo dele, fazendo-se de distraída, ela esclareceu:
– Não acredito porque nunca vi um.
– E você só acredita naquilo que vê?
– É isso aí – respondeu ela, curta e grossa.
– E se eu te falar que eu já vi um?
– Vai ser difícil acreditar.
– Você não acredita em mim?
– Acredito, mas é que você pode estar brincando.
– Não estou.
– Ora...

– Você acredita que eu te amo? – ele pergunta.

– Claro.

– E por quê?

– Porque você me diz, ora.

– Então! Se eu te digo que já vi uma criatura de outro planeta, você tem que acreditar.

A lógica dele fazia um ligeiro sentido. Ela perguntou:

– Quando foi isso? Quando você teve essa maravilhosa visão? – debochou.

– Cerca de dois dias atrás

– E você falou com ele? – perguntou ela, ironicamente, sem entusiasmo.

– Falei

– E o que ele disse?

– Que era um terráqueo e se chamava Bond. James Bond.

– Quê? – exclamou ela de boca aberta.

– Um terráqueo, sim senhora.

– Você pirou – disse ela. – Se fosse um marciano, vá lá.

– ...

– Olha, amor, se ele se chamasse Zé Pequeno eu até me esforçaria para acreditar, mas James Bond? Isso lá é nome de terráqueo? Benza a Xvix!* Daqui a pouco só falta você me dizer que acredita que nosso povo pisou na lua.

– Claro que sim. Você não acredita? – perguntou ele.

– Não vou nem responder. Você tem que consultar um kalister** – disse a jupiteriana, pegando Spock nos braços e dirigindo-se à sua espaçonave.

Spock era seu animal de estimação. Um gnomo verde, cuja maior qualidade era dançar a dança do ventre. Uma verdadeira proeza. Coisa de outro mundo mesmo.

*   Xvix é Deus em Solenano, a língua mais falada em Júpiter.
**   Kalister é uma espécie de psicanalista, conselheiro e curandeiro, na mesma língua.

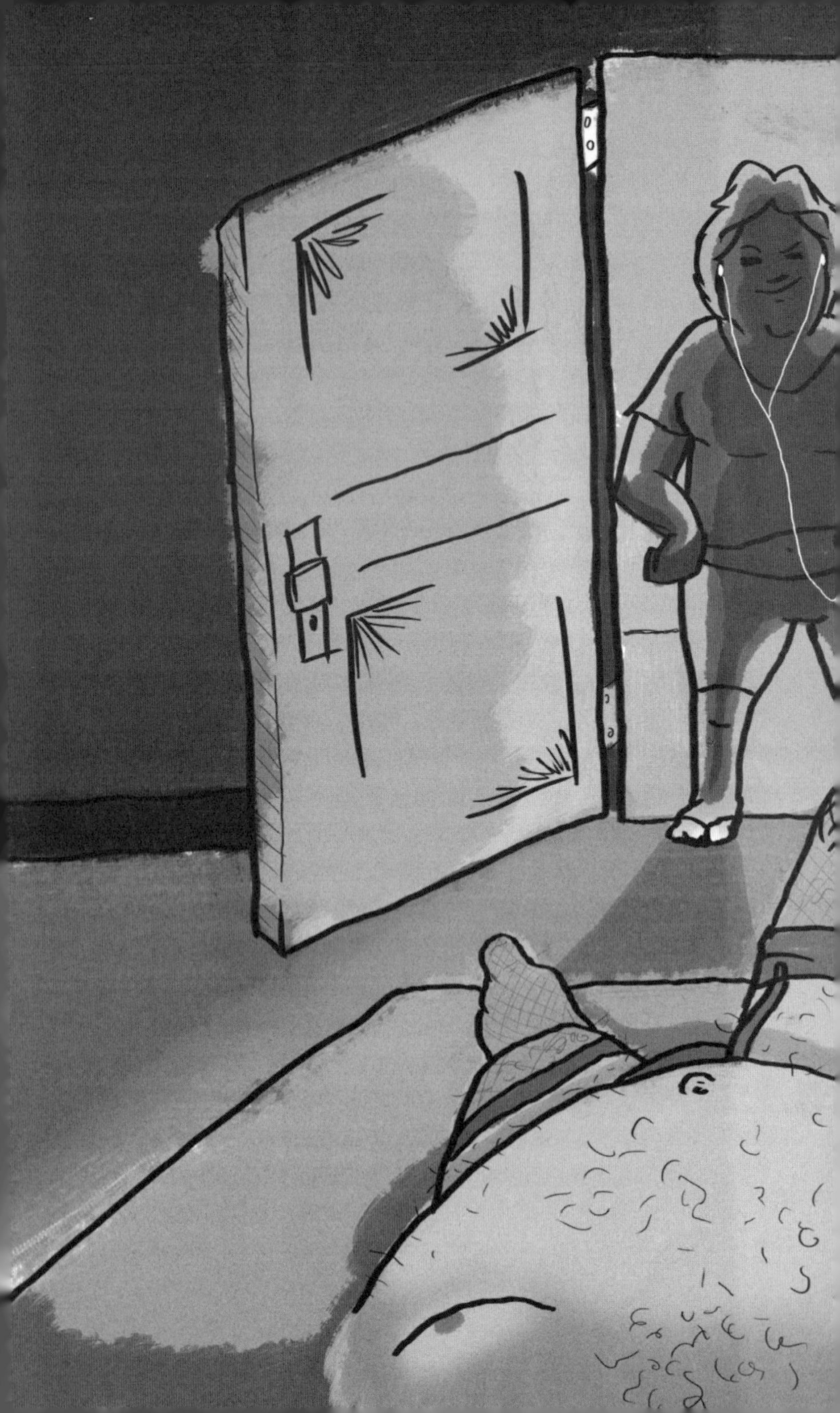

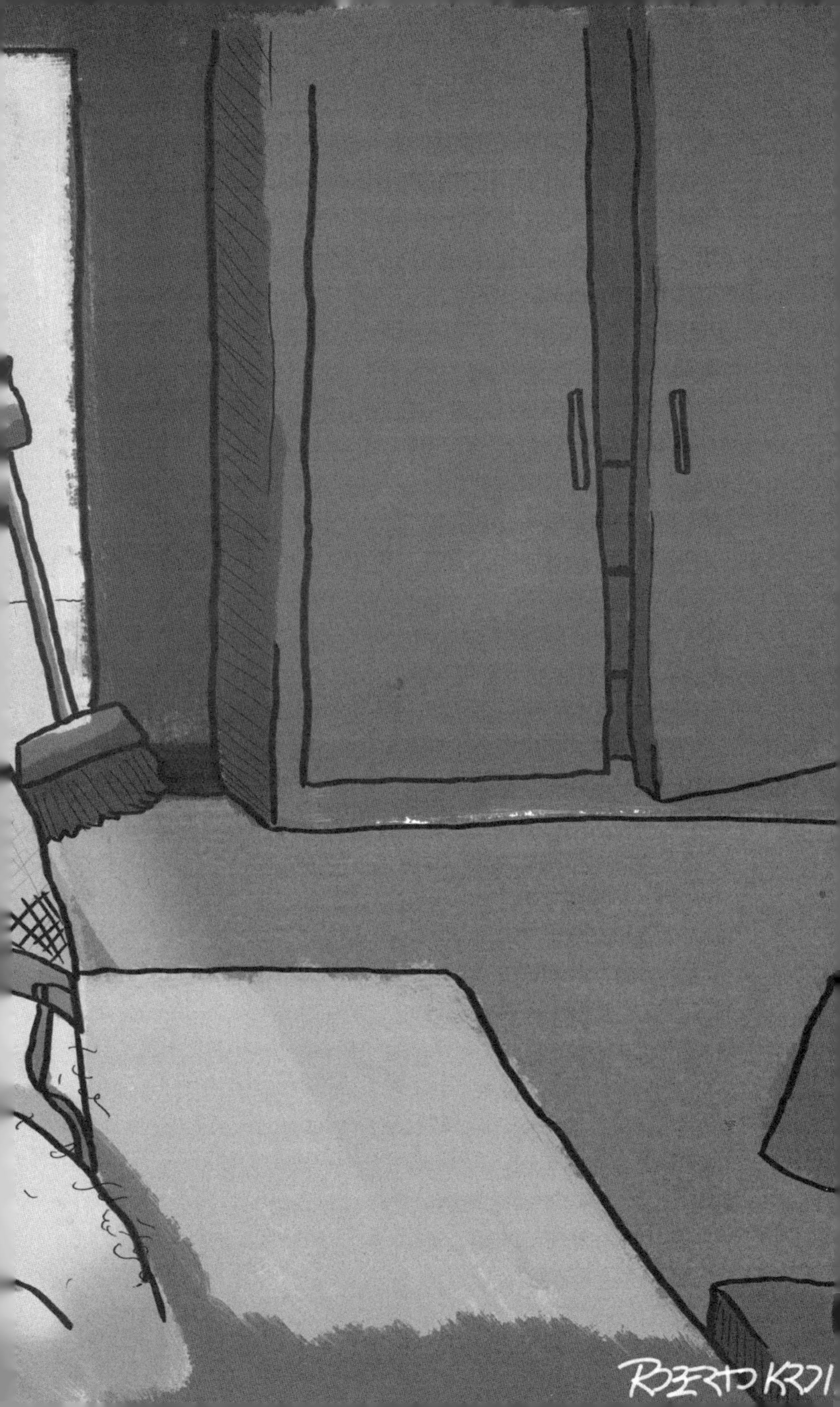
ROBERTO KROI

A LINGERIE

– Tchan, tchan, tchan, tchan!
– Caramba! Que troço é esse?
A primeira frase foi da esposa que surgiu como se viesse do nada, cantarolando poderosa e confiante. Quem fez a pergunta foi o marido que, dentro do seu bom senso, se assustou.
– E então, como estou? Gostou?
– Estou falando que você precisa ir a um oculista. Vestiu a roupa de nossa filha. Vê se pode. Não está te apertando, não? Isso vai te matar, hein? – deu vontade de dizer e ele disse. Baixo, mas disse.
– Ficou lindo, não é? Dessa vez eu caprichei.
– Dessa vez foi longe demais – ele falou mais baixo ainda.
Ai, meu Deus, ela precisa consultar um otorrino também. Além de cega, tá ficando surda. Não ouviu nada do que eu falei. Bem, melhor assim.
– Eu comprei pra mim. Quer dizer pra nós.
Pra nós? Quer que eu me excite com isso ou que eu use essa lingerie também? É pior do que pensava. Tá ficando esclerosada, pinel. Sem salvação, coitada.
– Então. Como estou? Pode ser sincero.
Posso? Tem certeza? Você tá horrível! E não é pra menos... O que você esperava com esse corpo?
– Bem... Bem, eu quero dizer...

— Pensei que você fosse ficar mais entusiasmado. Vai dizer que não gostou?

— Imagina. Eu estou entusiasmadíssimo... *Você não sabe o quanto.* É. Mas é que você me pegou assim meio de surpresa. Preciso me refazer do susto, quero dizer, da surpresa. Você quase me mata do coração. *Nunca vi coisa tão feia, Deus do céu.* Quase me mata de emoção.

— Estou começando a achar que você não gostou de verdade. Será que é possível você não ter gostado?

É impossível! Tá tão lindo...

— O que é isso? Adorei. *Você não presta, Augusto.* Deixa eu ver melhor? *Como sou cínico.* Dá uma viradinha. Assim, tá bom. Calma, calma. Não precisa exagerar. *Bleargh!* Não precisa fazer pose. Ei, ei. Nem ficar nessa posição. Não se empolga não, amor. *Vamos manter a decência, bruxa.* Eu já vi muito bem, o suficiente. *Deus me perdoe.*

— Você gostou mesmo?

Não posso dizer: claro, para um concurso de palhaço erótico você tiraria o primeiro lugar.

— É... diferente. *Não vai rir agora. Pelo amor de Deus. Controle-se. Conta até cinco. Um, dois, três...*

— Sei que é loucura, mas me deu vontade. Só que agora estou me sentindo meio ridícula.

— Não. Não. De jeito nenhum. Você tá lin... da. *Falso, falso, falso. Como sou capaz de mentir assim?* Não se mexe. Não tira, não. *Vai deixar cair todas suas pelancas.* Fica assim, cobertinha. É melhor. *Pra todo mundo. Pelo amor de Deus. Eu não quero ver coisa pior.*

— Sabe. Me deu vontade de fazer uma coisa nova. Apimentar nosso relacionamento.

— Sei. *Só que azedou de vez. Normal, você nunca foi boa na cozinha mesmo. Hahaha.*

— Você não gostou, né? Pode dizer. Não vou ficar chateada, aborrecida, frustrada, louca de raiva, te odiar pelo resto da vida por causa disso, não vou mesmo. Pode ter certeza. Eu juro de pé junto se você quiser. Quer?

— Não é isso... *Ela tá percebendo, preciso de uma desculpa.* Talvez a cor... É isso... a cor.

— O que tem a cor? Não combina com minha pele?

E você já viu alguma coisa combinar com pele enrugada? Só se for maracujá.

— Combina perfeitamente. Mas é que eu nunca te vi com essa cor antes.

— Como não? Vermelho é a cor que eu mais gosto pra lingerie.

— É?

— É.

— Claro. Eu sei. Eu estava brincando. Vermelho cai muito bem em você. *E preto em mim. Por que você não morre? Eu ficaria ótimo de luto...*

— Obrigada.

— Não tem de quê.

— E lingerie tem que ser vermelha mesmo, né? É mais sensual.

Ela acha que ainda pode ser sensual, hahaha.

— É. Mas não precisa se empolgar, tá bom? Chega! Eu já disse que não precisa se empolgar, nem fazer pose. Pode tirar o dedo da boca. *Que horror!*

— Não estou fazendo pose nenhuma, estou tentando tirar um fiapo de carne que ficou no meu dente, do churrasco de ontem. Tá me incomodando demais... Que droga! Eu já tentei de tudo. Palito, fio dental, gargarejo. Quer ver? Quem sabe você não consegue tirar pra mim. É aqui ó. Tá vendo? Vê se você alcança pra tirar. Seus dedos são mais longos que os meus.

Ela não quer que eu coloque meu dedo na boca dela. Quer?

— Vai, Augusto. Tira logo o fiapo pra mim, minha boca tá doendo de tanto que está aberta.

Ela quer, sim. Ela quer. O que eu faço?

— Ah, consegui. Consegui. Até que enfim. Olha!

Graças a Deus!

— Graças a Deus!

— Também acho. É bom saber que você se preocupa com o meu bem-estar. Esse fiapo estava me irritando tanto... Que eu nem sei.

Guarda de recordação. Faz parte da sua vida. Um obstáculo que você superou. Coisa linda. Você deveria se orgulhar.

— Tá pensando em quê?

— Nada. Não estou pensando em nada.

— E então?

— E então o quê? *Será que agora ela vai me mostrar a sua unha encravada ou a verruga perto da virilha?*

— Você não vai dizer nada?

— Claro. Que sorte a sua, *e minha, principalmente,* ter conseguido tirar o fiapo. Torci por você. Devia estar incomodando pra caramba.

— Eu não tô falando disso.

— Ah, claro. Como sou bobo. Tá tarde, né? Tá na hora de dormir. Então porque você não faz uma coisa? Por que não tira isso e veste o seu camisolão tradicional? *Chega, eu preciso dar um toque nela.* É! Pra ficar mais confortável. Sabe como é nessa idade, a circulação não é mais a mesma.

— O que você tá dizendo?

— Bom, isso tá te apertando que dá... *Será que eu falo?*

— Que dá?

— ... que dá medo, você pode ficar sufocada. *Pronto, falei.* Pode te dar um piripaque, se você se mexer muito durante a noite. É melhor prevenir. *Agora que eu comecei vou até o final, azar.* Tira isso, vai. A menos que você queira se arriscar. Aí tudo bem. Mas depois, não diga que eu não te avisei. É que eu me preocupo com sua... *vou amenizar, tomara que não soe cínico.*

— Com a minha?

— ... com a sua felicidade, com o seu bem-estar. Você sabe.

— Sei.

Ela ficou magoada, ah, paciência. Quem mandou inventar?

— Bom, se você resolver ficar com isso e passar mal durante a noite não tenha a menor dúvida em me chamar. Boa noite.

— Boa noite? Só boa noite?

— Claro que não. Durma com Deus. *Que dia. Ufa.*

Virou para o lado e começou a dormir para nunca mais acordar. Quem sofreu um piripaque foi ele. No dia seguinte, foi encontrado pela faxineira com uma cinta-liga vermelha. Oito meses já se passaram e o mistério permanece, nem sinal da mulher.

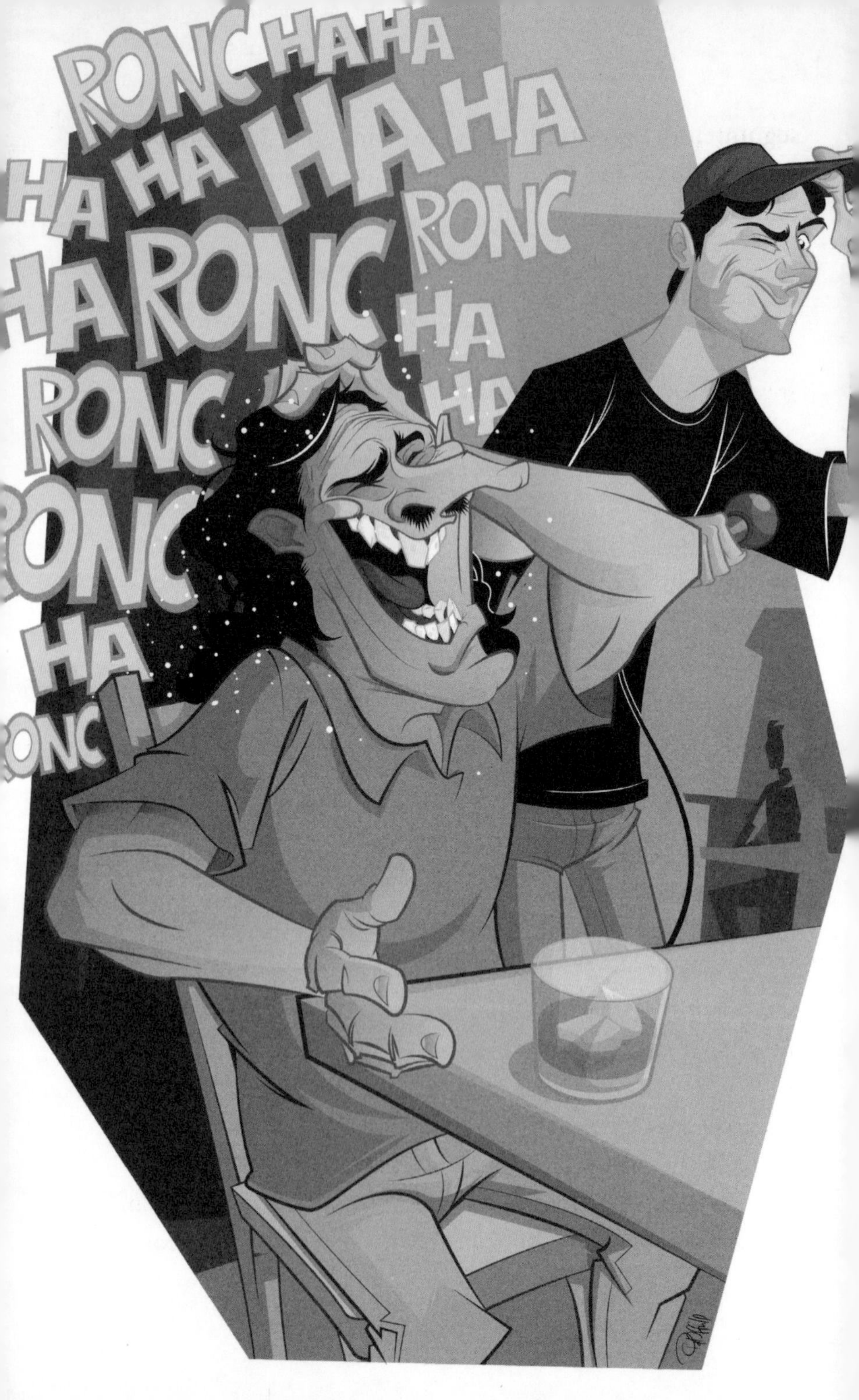
RONC
HAHA
HA HA
HAHA
RONC
RONC
HA
HA
RONC
HA

PEQUENOS DEFEITOS

TINHA UMA COISA QUE ESTAVA lhe incomodando demais e Jussara não era mulher de ficar sofrendo calada.

– Eu preciso te falar um negócio, Alberto.

Alberto era seu noivo. Apaixonadíssimo, muito carinhoso, sensível, meio feio de rosto, mas com um corpo de fazer inveja a qualquer atleta, e poeta. Capaz de fazer qualquer coisa por Jussara, já lhe disse isso inúmeras vezes. Só nesta última meia hora já repetiu umas duzentas vezes que a amava e outras trezentas que ela era a mulher da sua vida. Lindíssima, muito bem feita de corpo, cheirosa, meio arredia com os outros, mas delicadinha com ele. Enfim, a mulher mais perfeita que poderia existir no seu bairro.

Iriam se casar dali a uma semana e ele não tirava isso da cabeça. Aguardava ansioso, contando os dias, as horas, os minutos, os instantes... Não pensava em outra coisa, vivia distraído.

– Viu, Alberto? Eu preciso te falar um negócio.

– Sei. Mas antes me dá um beijo – ele pediu, enquanto imaginava a decoração da igreja. – Eu te amo, Ju. Como nunca amei ninguém na vida, é sério. Não vejo a hora da gente se casar. A gente vai ser feliz demais, tenho certeza, como nenhum casal foi até agora.

Ele deu um tempo para respirar e, ao mesmo tempo em que cantava a marcha nupcial em pensamento, continuou:

— Puxa, que loucura o que eu sinto por você, Juzinha. Por mais que eu já tenha dito isso, por mais repetitivo que isso possa parecer eu tenho que te falar: eu te amo! Você é minha alma gêmea, sabia? A gente foi feito um para o outro — ele chegou a se emocionar. — O amor que eu sinto por você é tão grande, tão imenso, tão forte. Você nem imagina o quanto eu te quero. Nada, nem ninguém vai nos separar. A gente vai ser feliz a vida inteira. Pra sempre, eu prometo.

— Alberto, eu preciso...

— Já sei — ele a interrompeu. Você precisa me contar algo. Então fala.

— É o seguinte, é uma coisa meio chata, bem chata pra falar a verdade, mas eu preciso te dizer.

Alberto estranhou o tom grave de Jussara. Decidiu parar de tentar adivinhar como seria a cara do padre que realizaria o casamento. Calvo ou barbudo?

— Ih... O que é? — ele perguntou apreensivo e preocupado, enquanto passava a mão na testa, esquecendo-se por alguns segundos o quanto confiava nela.

— Eu não sou muito boa para rodeios, então eu vou direto ao assunto. Talvez eu tivesse que ser mais delicada, mas...

— Para de embromar, Jussara. Fala logo o que é — ele disse dando mostras visíveis de inquietação. Depois, um pouco mais calmo, tentou contemporizar. — Ju, tudo bem. Não importa o que você tem pra me dizer, eu vou te amar para sempre. Não importa o que você tenha feito, eu entendo. Eu queria que você soubesse disso. Inclusive, se você não quiser me falar o que é, tudo bem. Não precisa.

— Mas eu quero.

– Então, tá – disse ele, aflito.
– Sabe o que é? É o seu nariz – disse ela, finalmente. – O problema é o seu nariz. Quer dizer, na verdade o problema não é o seu nariz e sim os pelos que saem dele. Um horror! São muito feios, de verdade. Não sei como você ainda não percebeu. E se percebeu não sei como você ainda não fez nada. Você precisa cortar isso urgente. Urgente, Alberto!
– Ah. É isso? – Alberto sorriu, aliviado. – Por um momento eu pensei que... Bobagem! Nossa que alívio!

Então foi levando a mão ao nariz para verificar o que ela havia dito, mas seus dedos ficaram enroscados nos seus cabelos e ele aproveitou para tentar desembaraçá-los. Ele tinha um cabelão comprido que só vendo e raramente usava rabo de cavalo.

– É, Alberto. Eu precisava te falar isso – Jussara se justificou. – Já que a gente vai casar, você precisa saber do que eu não gosto em você. Fica uma relação mais limpa, mais saudável. Você não acha?

– Acho – ele respondeu, mecanicamente. Na verdade ele achava justamente o contrário, sempre achou que tem certas coisas que não devem ser ditas nunca, principalmente entre pessoas que se amam. Sinceridade demais nunca foi recomendada para nenhum relacionamento. Imagina se a gente dissesse tudo o que nos dá na telha? Sem filtrar nada? Impossível. A vida seria um inferno, insuportável (se é que existiria vida). Mentir é fundamental para a sobrevivência da espécie. Foi assim que a raça humana evoluiu. Do contrário, ele acreditava, já teria sido extinta há séculos.

– Agora me diz, Alberto. Tem alguma coisa que você não goste em mim? Claro, deve ter. O que é? Pode me dizer.

Ele pensou na voz dela, irritantemente alta e aguda (como é que chamavam? Ah, sim, taquara rachada). Pensou na celulite, aumentando sensivelmente a cada refrigerante (e como ela gostava de guaraná!). Olhou para os pés dela, enormes (o dedão então... um descalabro). Pensou no português de Jussara, um desastre (concordância principalmente). Por último, pensou na sinceridade ferina e abusada da noiva.

– Não – ele respondeu simplesmente. E como se o amor fosse capaz de superar qualquer coisa, acrescentou.
– Eu te amo.

Tudo bem que o amor é cego, oras bolas. Mas será também surdo? Será que é capaz de ouvir qualquer coisa e ainda assim se manter intacto? Ela disse:

– Eu também te amo. É por isso que eu vou te falar outra coisa. Já que comecei a tocar nesse assunto, já que a gente está falando sobre nossos defeitos, eu vou te contar tudo. Tudinho o que eu sinto em relação a você. Por exemplo, eu não gosto muito da sua risada. Seu sorriso até que é legal, apesar de seus dentes amarelos, mas sua risada beira o insuportável. Você é muito escandaloso quando ri, abre demais a boca, franze a testa de um jeito esquisito e faz um barulho ridículo, pior que o da Fafá de Belém. Parece que está sufocando, sem ar. Por isso eu não fui ao show do Danilo Gentili com você, eu não queria passar vergonha. Eu sei que você deve estar pensando que eu estou sendo muito dura, mas só estou sendo sincera. Só isso. Sei que não vai ser fácil mudar essa risada indecente, mas com boa vontade e muita paciência você consegue. É só treinar um pouco e se policiar quando achar alguma coisa muito engraçada e rir mais comedidamente. Lembre-se disso. Um bom fonoaudiólogo pode ajudar também.

– Mais alguma coisa? – ele perguntou aborrecido e começando a apelar para o sarcasmo. Não entendia ao certo o que estava se passando.

– Tem. Eu não ia dizer, mas já que você está absorvendo bem as minhas críticas CONSTRUTIVAS, eu vou falar tudo. Você já viu que tem caspa? Está cada vez mais visível. Ainda mais com esse cabelo comprido que você começou a usar. E tem mais: vê se cuida melhor de suas unhas. Estão sempre tão sujas... Pior que unhas de mecânico.

Alberto passou as mãos nos cabelos, sem graça. Ela passou a mão no rosto, sem maquiagem. Disse ainda:

– Ah, sim. Antes que eu me esqueça. Vê se você... Ai, meu Deus como eu vou falar isso? Deixa eu ver – Jussara mordeu os lábios, cara de aflita. – Vê se você aprende a... Aprende a... Aprende a... Vê se você aprende a me dar mais prazer, Alberto. É isso. Sei que é difícil você conseguir isso com o que a natureza te deu, ela não foi muito generosa com você, eu sei, mas não custa nada tentar. Tem umas técnicas pra isso, uns livros sexuais. Já ouviu falar em Kama Sutra? Você podia pesquisar ou pegar umas dicas com o Dionísio, meu ex-namorado. Assim, numa boa. Quer o celular dele? Ou prefere que eu mesma ligue?

Alberto ficou paralisado. Olhos sem vida, boca seca, uma dor ruim no coração. Era, naquele momento, um autêntico farrapo humano. Nunca pensou que Jussara pudesse ser tão rude. Nunca pensou em ouvir aquelas coisas dela. Estava decepcionadíssimo, desapontado, desencantado. Ele que sempre colocou Jussara acima de tudo, porra. Sabia que ele tinha defeitos, mas quem não tem? Que loucura. Como ela podia falar assim dele?

– Mas essas coisas são só detalhes, né, amor? – ela falou, tirando-o de seu transe. – O que importa é que a gente se ama. Você não ficou chateado comigo, ficou? Não muito, eu quero dizer.

– Jussara...
– O que é?
– Vá pro inferno. Não, não. Vá à merda.

E correu para a casa da Lena, sete graus de miopia, que desde a infância sempre morreu de amores por ele, sempre elogiou o seu cabelo, nunca falou nada de suas unhas e, o melhor de tudo, era sabida e comprovadamente ninfomaníaca. Não importava tamanho de nada, gozava de qualquer jeito. Antes, porém, resolveu passar em seu apartamento para dar uma bela aparada nos pelos do nariz. Realmente eles não estavam bonitos não. Depois, sorriu feliz com o resultado da operação. Um sorriso discreto, controlado, policiado. Só um leve abrir dos lábios, o suficiente para não revelar os seus dentes, que *mamma mia*, estavam emporcalhadamente amarelos mesmo.

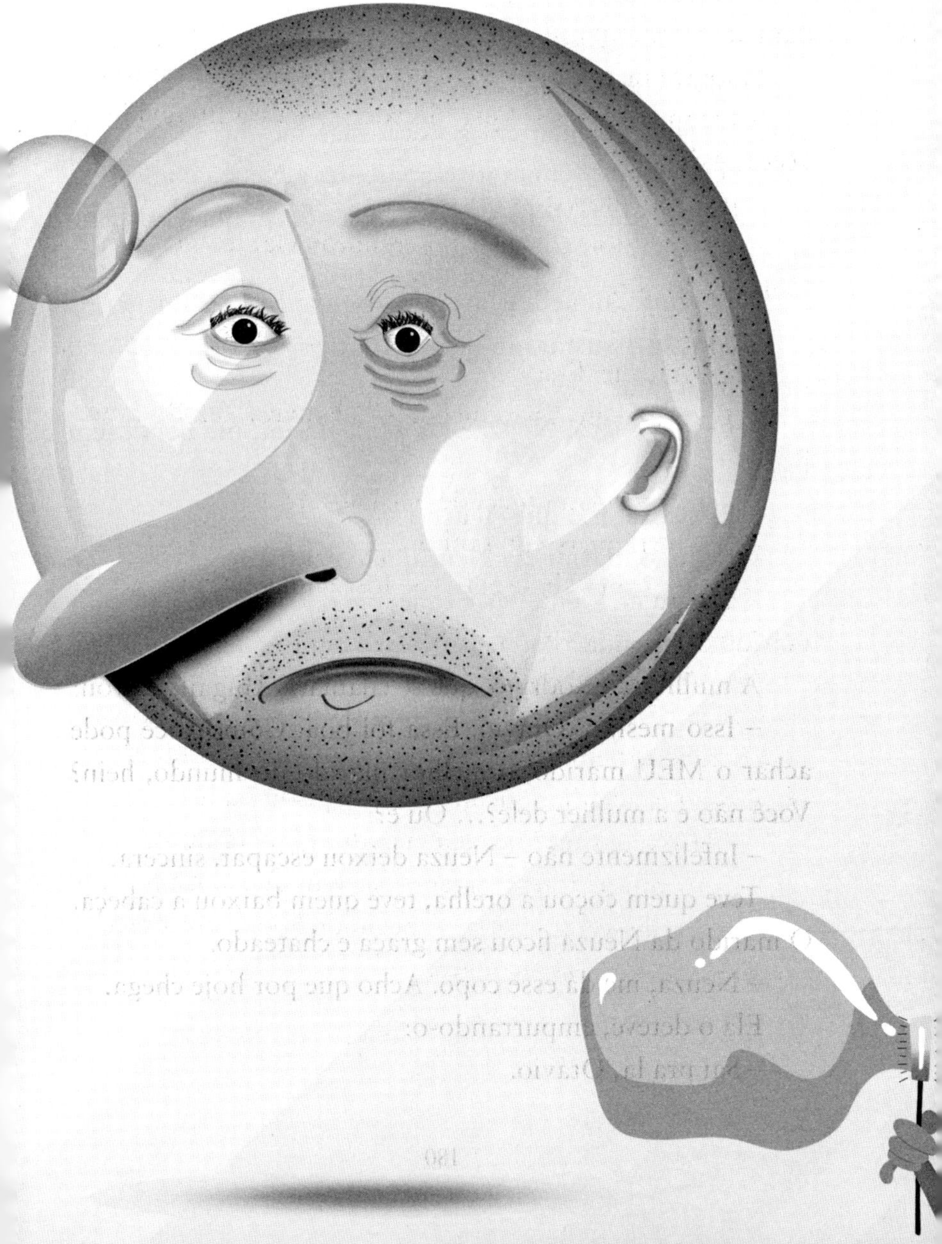

O MELHOR MARIDO DO MUNDO

DOIS CASAIS DE AMIGOS estavam jantando, bebendo muito e discutindo sobre se há vida fora da Terra. Portanto, ninguém perguntou, não era a hora, mas mesmo assim, sem mais nem menos, sem motivo aparente, a Neuza confessou, para a infelicidade de todos, no momento em que houve um breve silêncio:

— Pra mim, o melhor marido do mundo é o Rodrigo.

Todos se assustaram, mas o Rodrigo, em questão, foi o primeiro a falar:

— O que é isso, Neuza? Não fala assim, me deixa sem graça.

— Falo, ora. É o que eu acho.

Otávio, o marido da Neuza, não aguentou:

— Espera aí. Como você sabe que o Rodrigo é o melhor marido do mundo? Por acaso você é mulher dele?

A mulher do Rodrigo, que se chamava Abigail, gostou:

— Isso mesmo, Otávio. Essa foi boa. Como você pode achar o MEU marido, o melhor marido do mundo, hein? Você não é a mulher dele?... Ou é?

— Infelizmente não — Neuza deixou escapar, sincera.

Teve quem coçou a orelha, teve quem baixou a cabeça. O marido da Neuza ficou sem graça e chateado.

— Neuza, me dá esse copo. Acho que por hoje chega.

Ela o deteve, empurrando-o:

— Sai pra lá, Otávio.

Enquanto o marido da Neuza tentava disfarçar sua vergonha, a esposa do Rodrigo voltou à carga:
– Pera lá. Tem alguma coisa de muito errado nisso. Você não é casada com o Rodrigo. Eu é que sou! Por isso, você poderia achá-lo uma ótima pessoa, um excelente amigo, mas o melhor marido do mundo? Isso nunca, Neuza.
– Mas eu acho, ora. Estou falando a verdade. Só isso.
– E eu? – perguntou o Otávio, magoado.
– O que é que tem?
– O que eu sou?
– Quer mesmo ouvir? – perguntou Neuza, venenosíssima.
Abigail quis colocar panos quentes, sabia que a situação poderia ficar pior.
– Você é um cidadão distinto.
– Cidadão distinto? Pois sim – ele resmungou nada feliz. – Grande coisa, cidadão distinto. E que porcaria isso significa?
Abigail não conseguiu explicar, então a Neuza falou:
– Você é o melhor amigo do melhor marido do mundo. É isso. Encha-se de orgulho! Alegre-se!
Rodrigo discordou:
– Não. Não é não. Meu melhor amigo é o Souza.
Nesse momento, o marido da Neuza se sentiu mais rejeitado do que nunca.
– O Souza? Aquele tranqueira?
– Pelo menos ele não é falso, não fala mal dos outros pelas costas – disse Rodrigo, insinuando alguma coisa.
Otávio tossiu e Neuza preferiu dar um título ao marido para ele se sentir importante, em vez de polemizar sobre o assunto da falsidade.

– Bem, Otávio. Então você é o maior colecionador de tampinhas de pasta de dente do mundo, até porque não deve existir mais nenhum ser no planeta que faça uma bobagem dessas... Mas o melhor marido do mundo é o Rodrigo. Certeza.

Rodrigo, que tinha se tornado o centro das atenções, disse modesto:

– Neuza, acho que você está exagerando...

– Por quê?

O marido da Neuza não se conformava.

– Ainda pergunta?

– Que afronta – reforçou a Abigail.

Neuza, então, resolveu abrir o jogo:

– Ora Abigail, você mesmo vive dizendo que o Rodrigo é o melhor marido do mundo...

Rodrigo se surpreendeu e gostou.

– Você falou isso pra ela? Ó Abigail, pra mim você nunca disse nada. Há um tempão que não me faz um elogio... Vive me xingando, dizendo que eu não valho nada... Quer dizer, às vezes, né? Quando a gente briga. Mas o que foi, estava escondendo o leite, hein?

– Eu nunca disse que você era o melhor marido do mundo. A Neuza deve estar delirando – disse a Abigail, brava.

– Lógico que falou – confirmou a Neuza. – Que falou, falou.

– Eu nunca disse isso. Não seria louca – insistiu a Abigail.

– Louca por quê? – ofendeu-se o Rodrigo.

– Porque você é uma droga de marido. Isso sim – falou a Abigail, ressentida.

— Como droga de marido? — Rodrigo perguntou com o orgulho ferido. — Como a minha esposa me acha uma droga de marido e a sua melhor amiga me acha o melhor marido do mundo? Como? Por favor, me expliquem. Isso é uma baita de uma contradição.

— Vamos esquecer essa história? — propôs Neuza que era quem tinha começado tudo.

— Não. Agora eu quero saber — disse o Rodrigo com a voz alterada. — Se eu sou uma droga de marido, Abigail, porque você vive falando para os outros que eu sou o melhor marido do mundo? Que incoerência é essa?

— Não exagera, Rodrigo — disse a Neuza. — Ela só falou pra mim. Não contou pra todo mundo, como você disse. E nesse dia ela estava bêbada.

Abigail falou:

— Não diz bobagem. Eu nunca fico bêbada.

— Então falou sóbria — disse Neuza, gozando e tomando um gole de vinho. — Pior ainda.

— Não diz bobagem, eu já disse! Eu nunca disse que meu marido era o melhor marido do mundo. Eu não falaria uma mentira dessas. O Rodrigo é horrível como marido. Uma negação total.

— Horrível? Negação total? — perguntou o Rodrigo, dedo em riste, cada vez mais ofendido. — Vê como fala. Eu posso até não valer nada como você diz, mas eu não sou uma negação total como marido não.

Neuza falou:

— Abigail, você me disse sim, com todas as letras, me disse textualmente: eu não posso me queixar se o Rodrigo é um péssimo amante, pelo menos é o melhor marido do mundo.

Rodrigo ficou branco e perguntou para a esposa:

– Você disse isso?! Péssimo amante!?

– Disse – confirmou a Neuza. – Mas eu não concordo, no que se refere ao péssimo amante, é claro. Você não é lá essas coisas como homem, mas também não é um péssimo amante. Não precisava avacalhar.

Rodrigo ficou bravo com a Neuza. Como ele não era lá essas coisas como homem? Ia perguntar isso para ela, mas resolveu ficar quieto. Foi o Otávio, que fingia estar entretido com uma azeitona, que levantou-se:

– Pera aí. Pera aí. Como você sabe que o Rodrigo não é um péssimo amante?

– É. Como você sabe disso, Neuza? – perguntou a Abigail que a essa altura também já havia se levantado.

Neuza se defendeu:

– Palpite. Só palpite. O Rodrigo não tem cara de péssimo amante.

– Para de beber – pediu o Otávio, que decididamente não tinha nenhuma força com sua mulher.

– Me deixa – ela empurrou-o novamente, dessa vez quase o derrubando. Ele sentou.

– Vocês estão desviando o assunto – foi a vez do Rodrigo falar. – A pergunta que eu fiz para a Abigail é como ela pode falar uma coisa pra você, Neuza, e outra completamente diferente pra mim.

– Eu não disse nada pra ela – falou Abigail, aborrecida, se sentando novamente. – Eu nunca contei o que eu acho de você pra ninguém. Eu não faria isso. Eu morro de vergonha.

Rodrigo ficou uma fera:

– Vergonha? Vergonha do quê?

— Melhor não falar.

Aí o Otávio disparou:

— Espera aí. Espera aí. Eu não entendo uma coisa. O Rodrigo é um péssimo amante e é considerado o melhor marido do mundo. Eu sou um cidadão distinto e nem para as finais desse campeonato eu fui classificado. Não é justo. O que precisa fazer para ser considerado o melhor marido do mundo?

— Sustentar seus filhos, ter capacidade para pagar os estudos deles, por exemplo – desabafou Neuza.

— Não é você que sustenta a Mariana e o Julinho, Otávio? – perguntaram ao mesmo tempo Rodrigo e Abigail.

— Tá – ele confessou. – Não sou muito bom para ganhar dinheiro. Eu não sou um bom pai, também. Mas isso não tem nada a ver com o lance do marido.

— Claro que tem. Perde ponto – disse a Neuza.

— E ser um péssimo amante, não perde? – ele perguntou. – Não perde?

— Espera aí. Quem é péssimo amante? – perguntou Rodrigo.

— Você – disse o Otávio e vingando-se daquela coisa de ser chamado de falso, completou. – E pelo jeito burro também. Não percebeu isso até agora.

Rodrigo fechou a mão. Cerrou os punhos. Mas ficou nisso, porque a Neuza falou:

— Mas o Rodrigo não é um péssimo amante. Ele até que é muito bom.

— Ai, ai, ai, ai, ai. O que você quer dizer com isso? – perguntou Abigail.

— Eu não quero dizer nada. Eu já disse — Neuza assumiu, percebendo que nada do que diria serviria para tirá-la daquela fria. — Pensem o que quiserem.

E voltando-se para o marido:

— Inclusive você, viu? Se é que você ainda consegue pensar em alguma coisa.

— Eu não estou pensando em nada. Em nada — disse ele, levando o garfo à boca, era o único que ainda conseguia comer alguma coisa.

— Depois o burro sou eu — disse o Rodrigo apelando para a ironia.

— E você quer dizer o que com isso, Rodrigo? Que você e a Neuza têm mesmo um caso? — perguntou Abigail.

Otávio não deixou o amigo responder:

— Nesse caso, então eu já sei o que sou.

E Abigail disse como se tivesse lendo o seu pensamento:

— O maior corno do mundo.

— E você a maior corna — completou o Otávio, não deixando por menos.

— Querem parar com isso? — disse o Rodrigo. — Não existe nada entre a Neuza e eu.

— Mas não é por falta de vontade, né? — confessou a Neuza em mais um deslize.

— O que você disse!? — perguntou Abigail.

Dessa vez, Neuza respondeu recuando:

— Nada. Não falei nada.

E depois, para mudar de assunto:

— Sabe, Otávio, se você quer tanto um título, que tal então você ser eleito o marido da melhor mulher do mundo? Eu não sou o máximo? — disse ela, dando um daqueles sorrisos forçados e ficando um bom tempo com os dentes escancarados.

— Não, senhora. A melhor mulher do mundo é a Abigail — ele discordou, achando bom.

— Eu? — disse Abigail, surpresa.

— Claro, Bi. Se minha mulher acha o Rodrigo o melhor marido do mundo, eu posso muito bem achar você a melhor mulher do mundo. Direitos iguais.

Abigail ficou encabulada, mas orgulhosa:

— Viu, Rodrigo? Ouviu essa?

Ele riu:

— Bi? Ele te chamou de Bi? Ah, se ele soubesse...

Abigail iria perguntar: o quê, hein? Quando Otávio confirmou, olhando fundo nos olhos dela:

— Verdade. Você é um mulherão, maravilhosa, tem personalidade e um par de coxas e seios incrível, Bi.

Ela abaixou os olhos, passando a mão nas pernas e ajeitando o decote. Rodrigo parou de rir, ficou furioso e cerrou os punhos novamente. Neuza, que era bem ciumenta, também não gostou nem um pouco desse comentário. Então Otávio percebeu que o assunto estava trilhando um caminho espinhoso e por isso achou que era a hora de falar alguma coisa espirituosa, uma coisa que ele estava maquinando desde que essa história de melhor do mundo entrou em pauta.

— Sabem, pra mim o melhor marido do mundo é o Rodrigo sim. Concordo com você, Neuza.

Três pares de olhos inquisidores pousaram sobre ele:

— O quê?

– Claro. O melhor marido do mundo é o Rodrigo. O Rodrigo Hilbert... Vocês não percebem como a Fernanda Lima parece feliz?

– Cala boca, Otávio – alguém disse. Talvez os três.

– Não? Vocês não acham, não? Eu acho – e Otávio deu de ombros, boca cheia. – Muito feliz!

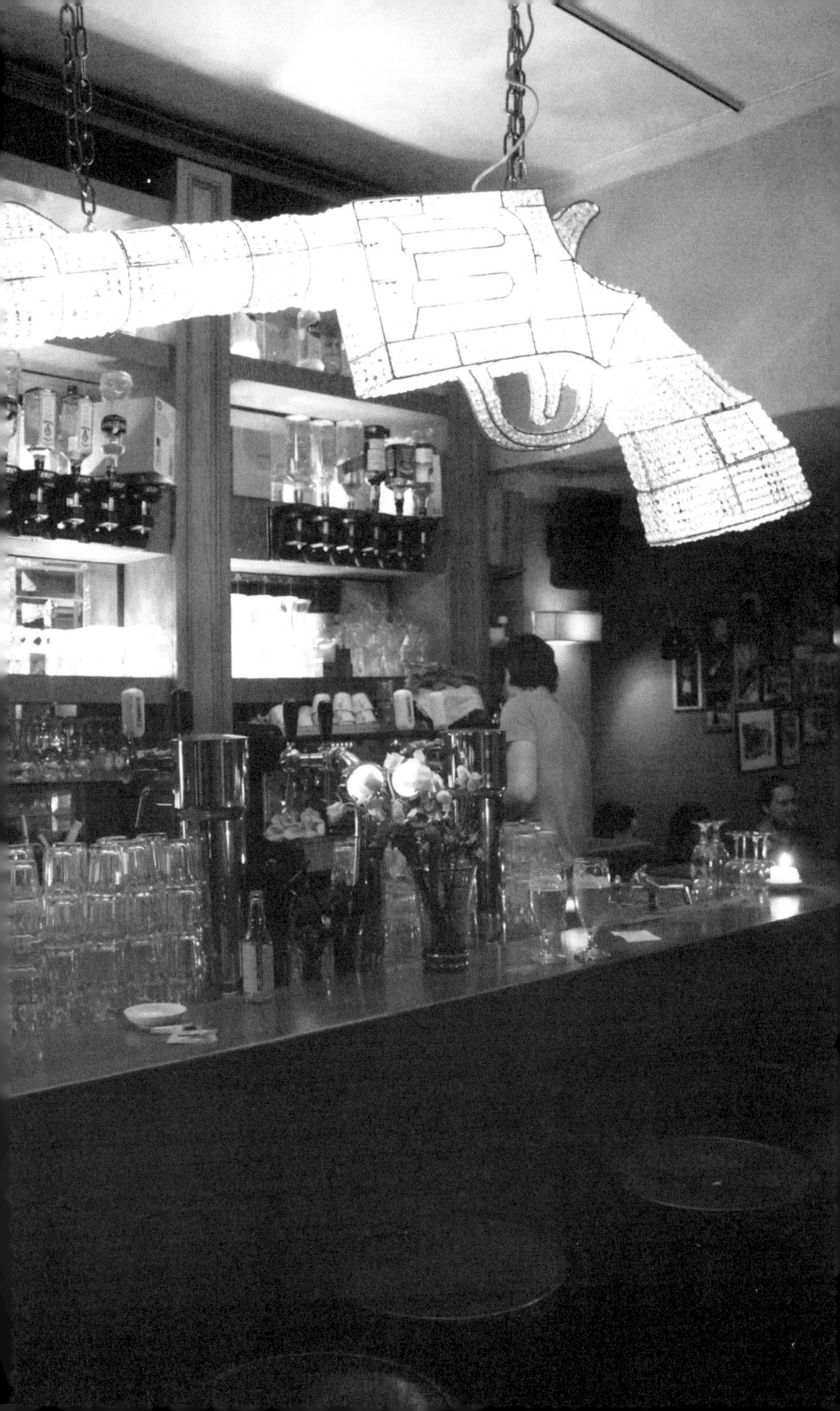

OS MELHORES AMIGOS QUE ESSE MUNDO JÁ VIU

DEPOIS DO SEXTO CHOPINHO da noite, Lúcio finalmente toma coragem:
— Vítor, eu estou precisando de um favorzão seu. Você faz?
— E o que eu não faço por você, Lúcio? Somos ou não somos os melhores amigos que esse mundo já viu?
— Claro que somos! Mas é que um pedido meio esquisito, para não dizer constrangedor.
— Fala. É dinheiro?
— Não! Não! Imagina. Essa é a última coisa que eu te pediria no mundo. Como eu posso te pedir isso se minha situação financeira é infinitamente superior que a sua? Infinitamente.
— Também não precisa humilhar.
— Foi mal. Desculpa, Vítor.
— Ah, já sei. Se não é dinheiro, então é sexo. Aposto que é sexo. Você quer fazer amor comigo. Acertei?
— Não brinca. A coisa é séria.
— Ok. O que é então?
— Eu queria que você dormisse com a minha mulher.
— Como é que é!?
— Eu queria que você dormisse com a minha mulher.
— Qual é, Lúcio? É sexo mesmo? Eu estava brincando. Já te falei que você está vendo filmes de sacanagem demais. Isso mexe com a cabeça da gente. Desperta nossas perversões. Eu, hein? Nunca pensei que você tivesse uma fantasia dessas. Poxa, eu sou seu melhor amigo.

– Por isso mesmo. Eu não posso pedir isso pra qualquer um. Tem que ser você, Vítor. Além do mais, você tem o mesmo tipo físico que o meu. Ela não vai nem notar.

– Uma pinoia. Você sabe que eu sou muito mais... servido que você. Bem dotado mesmo. Já pensou no estrago? Qual é? Você não está dando conta dela não? Eu estou falando que você está trabalhando demais. Até os *workaholics* têm seus limites. Você precisa se cuidar, eu conheço umas receitas ótimas. Nada de catuaba, pó de guaraná, não. Nem Viagra. São umas ervas da Alemanha. Tiro e queda. Quer dizer, tiro e levantada. Uma beleza.

– Você não está entendendo...

– A Beth sabe de uma coisa dessas? Sua mulher sabe que você quer que eu durma com ela?

– Claro que não. Se ela souber ela me mata.

– Quer dizer que, ainda por cima, você quer que eu a convença? Faz parte do seu jogo, eu seduzir a Beth?

– Não é...

– E como é que nós vamos fazer uma coisa dessas sem ela desconfiar? Estou supondo, supondo, que eu aceite uma loucura dessas. E aí? E se ela gostar? Você vai ter cabeça pra segurar uma coisa dessas? Tem certeza que é isso que você quer? Olha lá. Tem que ter muita cabeça pra aguentar um par de chifres desses...

– Calma aí. Quem está falando em chifres? Deixa eu te explicar direito. Você não me deixa falar. Eu quero que você durma com minha mulher. Só durma, ouviu? No sentido real do termo. Dormir. Fazer naninha, certo?

– Não. Agora que eu estava até começando a me entusiasmar... – Vítor deixa escapar.

— Pode tirar o cavalinho da chuva. Ou você acha que eu ia entregar minha mulher assim de bandeja pra você?

— Me explica essa história maluca direito.

— É o seguinte. Amanhã eu tenho um encontro marcado com uma gostosa da academia. Linda, linda. O nome dela é Marisa, eu te falei dela. Só amanhã à noite ela vai estar livre, depois vai viajar durante um mês, acho que para a Europa, não sei direito. Então, eu não posso perder uma oportunidade dessas. Você sabe, foda adiada é foda perdida... Por isso preciso da sua ajuda. É coisa única, imperdível. Tá dando pra sacar?

— Não.

— Eu quero que você durma com a Beth, enquanto eu fico com a menina. É isso. Eu tenho esse encontro marcado, mas por outro lado tem a minha mulher, caramba. Que desculpa eu vou dar pra ela? Ela não acredita mais em mim. Você sabe que nosso casamento está por um fio. Ela vive reclamando das minhas saídas, então eu preciso de um álibi. Queria que você ficasse no meu lugar, fazendo o meu papel na minha cama, entendeu?

— Pirou. Você quer que eu seja seu dublê?! Mas como eu vou enganar sua mulher? Eu não sou ator, não sou o rei dos disfarces e não tenho dom para camaleão. Você está assistindo a filme demais. Nunca vi um troço desses na minha vida, não mesmo.

— Escuta, é muito simples, mais do que você imagina. Eu já planejei tudo. Ela tem um sono de pedra. É só você passar a noite em claro, para não ter perigo de fazer besteira, e quando der 6h15, que é a hora que eu levanto, você se levanta da cama e vai embora. Missão cumprida.

— Qual é?

— Escuta, vou te explicar em detalhes. Amanhã é terça, dia em que a Márcia vai pra ginástica. Depois da aula ela vai pra casa direto, chega pontualmente às 23h15. Nesse horário, eu já estou na cama deitado, virado com minha cabeça para a parede. O quarto fica na penumbra. Só tem um abajur do lado dela, uma luzinha mixuruca que não ilumina nada. Você vai estar coberto, de costas pra ela. A Beth só vai ver seu cabelo, quer dizer o meu.

— Mas meu cabelo é diferente do seu!

— Eu já pensei em tudo. Arranjei uma peruca e tudo. Experimenta.

— Você quer que eu use isso para dormir com a sua mulher?

— Claro. Vai dar pra disfarçar direitinho. É superparecido com o meu. Para não falar idêntico... Olha só. Parece que eu estou olhando para o espelho. Pena que não tem um aqui, para você ver como ficou superbom. Não é à toa que todos dizem que somos irmãos.

— Mas e quanto à altura? Eu sou muito mais alto que você.

— Na cama não tem esse negócio de altura, você sabe. Todo mundo é do mesmo tamanho. Além do mais, você pode ficar meio curvado, ela vai cair direitinho.

— Sei.

— Bom, resolvido esse problema de aparência física deixa eu te contar nossa rotina pra você saber como deve agir.

— Espera aí. Eu não disse que aceitava.

— Somos ou não somos os melhores amigos que esse mundo já viu?

— A ponto d'eu me matar por você? Se sua mulher descobre um troço desses...

— Escuta. Ela chega, tira a roupa e antes de ir para o banheiro, diz oi. Aí você, quer dizer eu, você está me representando, lembre-se, diz...

— Não, senhor, eu me viro, vejo a sua mulher nua, avalio o material e digo: Oi, Beth. Lembra-se da minha voz? Continua a mesma, mas o meu cabelo quanta diferença...

— Para de brincar. Deixa eu falar.

— Isso não vai dar certo. Ela vai reconhecer minha voz. Pensa um pouco, Lúcio. Pelo amor de Deus!

— Não vai. A gente atingiu um estágio de convivência que se não se comunica mais com palavras, se comunica por sons, grunhidos. Depois de um tempo de casados nós desenvolvemos um grau de intimidade tão grande que, às vezes, a gente até já sabe o que o outro pensa.

— Então! Mais um motivo para a gente não fazer uma loucura dessas. Vai ver ela está lendo seu pensamento agora.

— Quer parar?

— Continua.

— Bom, depois de ela dizer oi, você simplesmente diz oi. Simples não é?

— Mas meu oi é diferente do seu oi. Minha voz é diferente da sua. Cadê os grunhidos que você falou?

— Isso é depois. Não tem erro. Essa é a única hora que você diz alguma coisa que dá para entender. Oi, só isso.

— Mas o suficiente para ela me desmascarar.

— Não é. Enquanto você diz oi, você tosse. Pronto, está resolvido.

— Eu tusso?

— É. Tossindo pode ser qualquer oi. A tosse disfarça a voz.
— Tá. E depois?
— Aí, depois de demorar uns quarenta minutos no banheiro, ela sai e pergunta: como foi seu dia, querido? Você responde: hruuumf!
— O quê?
— Hruuumf. Algo parecido com o mesmo de sempre.
— Hrunf?
— Não. Segura um pouco mais o ar: Hruuumf! É fácil.
— Não vou conseguir fazer isso. Nunca fui bom em imitações, em onomatopeias, esses negócios.
— Consegue, repete comigo: Hruuumf. Viu? Conseguiu. Não te disse? Agora é só você treinar um pouco e em breve estará craque.
— Isso não vai dar certo… Não vai.
— Claro que vai. Deixa eu continuar…
— Bom, pelo menos eu vou ganhar uma cartilha grátis da comunicação não-verbal entre casais.
— Não brinca… Depois de dizer Hruuumf, ela vai começar a falar mal de você.
— De você?
— Não. De mim não. De você mesmo.
— Mas eu não estarei fazendo o seu papel?
— Vai. Então digamos que ela vai falar mal do Vítor, que por acaso é você.
— De mim? Mas por quê?
— Porque você não me paga.
— Mas eu não estou te devendo!

— Eu sei. Mas eu tive que inventar uma história dessas pra me livrar de perguntas incômodas. Gastos com motel, por exemplo.

— Já vi que o teu negócio é me colocar em maus lençóis.

— Que nada. Meus lençóis são de seda.

— Muito engraçado... Ela fala mal de mim e aí eu digo o quê?

— Você concorda.

— Eu não me defendo?

— Não! Você sou eu, lembra-se?

— Mas sua mulher fala mal de mim e você não me defende?

— Eu não posso. Senão ela desconfiaria. Eu preciso concordar com ela. Ela começa a te chamar de aproveitador, falso e sacana e você diz: Anrrã.

— Toda terça é assim?

— Não. Todo dia. Ela fala mal de você todo dia.

— Todo dia?

— É. É o esporte favorito dela, depois do vôlei. Falar mal de você.

— E você quer que eu durma com uma mulher que não me suporta? É isso, Lúcio? Por que você está me contando isso só agora?

— Porque eu não queria te magoar.

— Mas ela sempre me tratou tão bem!

— Mas ela nunca gostou de você. Ela só finge. Eu não te contaria nada se isso não fosse necessário, se você não tivesse que dormir com ela, eu te deixaria pensando que ela gosta de você. Mas é que se você vai fazer o meu papel, você tem que saber de certas coisas.

– Quer dizer que se não fosse isso, eu continuaria achando que ela gosta de mim? Continuaria sendo enganado?
– É. Mas isso não tem importância. O que importa é a nossa amizade.
– Claro.
– Afinal, somos ou não somos os melhores amigos que esse mundo já viu?
– Claro que somos.

• • •

Terça-feira, 23:11. Vítor está mais do que tenso. Já colocou a peruca, certificou-se que a luz do abajur é fraca mesmo, andou de um lado para o outro, tomou um calmante, benzeu-se e agora está deitado meio curvado, imitando o amigo. Não sabe no que aquilo vai dar, então já rezou umas boas vezes também.

Beth chega. Sem fazer alarde começa a se despir. Ele tem a maior vontade de olhar. Respira com dificuldade. Começa a virar o pescoço instintivamente, mas controla-se. Sempre foi louco de desejo por ela e agora ela está ali ao alcance de seus olhos, quem sabe das suas mãos... Melhor distrair o pensamento com outras coisas. Uma suculenta picanha. Boa.

Ela diz:
– Oi.
– Cof. Cof, oi – ele responde, tossindo.
Será que ela caiu nessa? Acho que sim. Beth já está no banheiro. Ele está ouvindo o chuveiro. Imaginando a água caindo naquele corpo gostoso. Que situação complicada em que ele estava. Se contasse ninguém acreditaria.

Quarenta minutos depois ela sai do banho, ainda enxugando o corpo. Deixando-o louco com a possibilidade de vê-la nua.

– Como foi o seu dia? – pergunta ela.

– Hruumf! – responde ele, orgulhoso. Agora ele foi bem.

Então Vítor ouve Beth jogar a toalha no sofá e começar a pentear o cabelo. Estava cheirosa que só vendo. Ele precisava vê-la, precisava. Só uma espiadinha não ia fazer mal. Ia?

– E o seu amiguinho? Aquele indecente? Não te pagou ainda, não é? Você tem que deixar aquele idiota de lado – ela diz, finalmente.

Ele fica bravo. Tem vontade de dizer um monte de desaforos para aquela delícia. Conta até três. Concentra-se:

– Anrrã.

– Toda vez você diz anrrã. Só anrrã?

Ele sente Beth se aproximar perigosamente. É agora. Ferrou tudo! Mas ela só deita do lado dele. E está pelada. Não, isso não. É demais para ele suportar. Aquilo de dormir nua não estava no script.

– Sabe – ela diz dengosa, se mexendo toda na cama. – Hoje eu estou com umas vontades...

Agora Vítor começa a entender tudo. Para não falarem abertamente com ele, os dois tinham inventado toda aquela história. Uma fantasia sexual.

– Vem cá, vem – ela diz, roçando a perna perigosamente nele.

Ah, o seu amigo devia estar observando os dois agora. Será que estava filmando também? *Lúcio, Lúcio. Seu pervertido. Voyeur de uma figa. O que eu faço, meu Deus?*

Entregou-se.

∙ ∙ ∙

No dia seguinte, logo cedo, uma voz estranha, abafada, tentando disfarçar, diz pelo telefone:

– Alô. É da casa do Lima? Lúcio Lima? É a Beth, a mulher dele que tá falando? Ó, é o seguinte, presta atenção, madame! Tu deve ter sentido falta do teu maridinho essa noite, não é? Mas fica tranquila, ele não aprontou nenhuma não. Não saiu pra noitada com nenhuma vagabunda não. Nós é que tamos com ele. Teu maridinho foi sequestrado.

Na noite anterior, pouco mais de um quilômetro de sua casa, quando estava saindo para encontrar-se com a Marisa, Lúcio foi fechado por dois carros. Deles, saíram seis homens armados até os dentes. Ele foi pego, sem dificuldades, encapuzado e levado para um lugar bem distante. Apanhou um pouco quando chegaram e até agora, passadas dez horas, não comeu nada e nem foi ao banheiro, apesar da insuportável dor de barriga que sente. Marisa ficou fula da vida, achando que recebeu o maior cano. Ficou tão brava que já arrumou outro, no aeroporto mesmo. Lúcio está com medo. Muito medo.

– Sacou, madame? Teu maridinho foi sequestrado. Sacou? – repete o bandido.

– O que você está dizendo? – Beth pergunta, ainda confusa com tudo o que estava acontecendo, com tudo o que tinha acontecido: a descoberta de Vítor em sua cama, o quanto ela tentou relutar no início, o quanto torceu para não acabar no final.

– Calma. O melhor é ficar calminha. Se tu fizer o que a gente manda, logo logo, ele vai tá do teu lado. Bonitinho e sem nenhum arranhãozinho... Quer dizer, no máximo uns dois ou três... mil, hahaha. Ouve, meu benzinho, a voz dele.

– Beth? Beth, sou eu, amor. Por favor, faça tudo o que esses caras mandarem, senão estou perdido, eles me matam. Escuta, Beth. Eles não estão brincando... Porra, meu, não precisa me bater mais!!!

– Chega! Você já ouviu o suficiente. O resgate é setecentos mil em dinheiro. Hoje ainda.

– Anrrã – ela diz, enigmática.

– Mais tarde a gente liga pra falar o local, enquanto tu prepara o dinheiro. Não precisava nem falar, mas não custa avisar, sem polícia na jogada. Sacou? – e desliga o telefone.

Ainda mais perturbada, Beth olha para Vítor, que sem graça e transtornado também, pergunta pelo amigo. Ela diz:

– Eu que te pergunto.

– Você? – ele se assusta.

– Claro.

– Vocês armam esse encontro maluco e você que me pergunta, Beth?

– Encontro maluco, o que você está dizendo?

– E não foi?

– Você vem parar aqui na minha cama, nem sei como e diz que eu armei isso?

– É, junto com o Lúcio – explica Vítor.

Beth suspira, não está entendendo nada, diz:

– Claro que não.

– Se não foi, então...

– Então o quê?

– Nada, eu preciso ir embora.

– Como embora?

— Embora — Vítor fala, sem muita convicção.

— Não senhor, pensa que eu não sei que você e o Lúcio te botaram nessa cama só para me desmoralizar e nos dar um flagra?

— Nós?

— Claro, sabendo que eu falava mal de você quando, na verdade, eu tinha era uma quedinha pelo seu jeito cafajeste — Beth confessa, expondo a sua lógica.

Vítor fica completamente desnorteado:

— Não, de jeito nenhum.

— Jura?

— Pela minha mãe.

— Então como você veio parar AQUI, na minha cama?

— Sei lá.

— Não se faz de besta, Vítor.

— Quer mesmo saber: o Lúcio tinha um encontro marcado com uma menina e aí pediu para eu ficar aqui no lugar dele para você não desconfiar de nada.

— Que desgraçado, como vocês tiveram coragem?

— Por favor, não conta nada para ele, se ele souber que a gente trans...

— Não vou contar nada, parece que ele foi sequestrado.

— Sequestrado??

— É, viu que ironia, ele tentou me cornear, acabou corneado e ainda se ferrou, haha, eu estava falando com o sequestrador dele no telefone.

— Não, não acredito, por isso ele não chegou ainda.

— Pois é.

— A gente tem que fazer alguma coisa, tem que salvá-lo, Beth.

— Tem?

— Tem, lógico.

— Talvez, mas antes a gente podia fazer uma coisa — ela dispara maliciosa.

— Uma coisa?

— É, bem gostosa... — e deixa o lençol revelar o seu corpo.

O telefone interrompe a conversa.

— Sou eu de novo, benzinho. Já tenho o lugar onde você vai deixar o dinheiro. A entrega é hoje, às nove da noite. Anota aí...

— Só um momento, setecentos mil é muito dinheiro. Não dá para levantar essa quant... — Beth tenta dizer.

— Vai ter que dar, vai ter que dar.

— Espera, eu...

— Acha que *tamos* brincando, madame?

— Não, eu só preciso de mais temp...

— Cala a boca e se liga na parada! Se liga, sacou?

— Mas é que...

— Ô, Dona, nós vamos arrebentar esse cara. Ouve só os gemidinhos dele. Nós vamos matar esse porra. Tu tá me entendendo ou quer que eu desenhe?

— Ora, faça-me o favor! Estou tentando falar e você não deixa. Cansei, SACOU? — Beth exclama, sem paciência, desligando o telefone na cara do sujeito. Depois, mais calma, diz:

— Melhor deixar fora do gancho, o que você acha?

Vítor não consegue tirar os olhos dela e sorri, cúmplice.

— Onde a gente estava mesmo? — ela pergunta. Ele não fala nada, boca nobre e enormemente ocupada.

Então Beth geme, Vítor geme mais, Lúcio, do outro lado da cidade, geme mais ainda. Coisa de melhores amigos, os melhores amigos que esse mundo já viu. Se um geme, o outro geme também. Mesmo que seja por razões diferentes. Extremamente diferentes.

JORNAL Ô DIA

INSCRIÇÕES ABERTAS PARA O CURSO DE: "INOVAÇÃO E CRIATIVIDADE PARA BANDIDO AMADOR".

cassio

O INVENTOR DE PROFISSÕES

OTÁVIO ESTAVA DESEMPREGADO há oito meses, demitido sumariamente quando a empresa em que trabalhava foi comprada por uma multinacional norte-americana. Ele era analista de recursos humanos e não falava mais do que doze, treze palavras em inglês. Então o novo diretor o chamou para uma conversa no corredor junto à máquina de café e sem rodeios disse que ele seria dispensado. Finalizou perguntando com um sorrisinho que beirava o amarelo: *Do you understand, right, Mr. Otávio?*

Não, não. Otávio não entendeu. Não podia entender. Como assim? Como vinte anos dedicados de corpo e alma à empresa, sem uma falta sequer, não valem nada? Como duas décadas de entrega e empenho são jogadas no lixo dessa forma, sem cerimônia alguma?

Com cinquenta e oito anos recém-completados, cansado das mazelas corporativas e desiludido com os ossos do ofício, ele começou a procurar um novo emprego. Assinou sites de recolocação profissional, enviou currículos para Deus e o mundo e ligou para antigos desafetos tentando restabelecer um *networking* que nunca existiu. Em vão. Ele foi rechaçado, ignorado. *Otávio? Desculpa, não lembro.*

Deprimido e humilhado, inclusive pela esposa que o acusava de fazer corpo mole, ele voltou a fumar e a sofrer de insônia e impotência. Não via solução para seu caso, até que, depois de muito pensar, muito matutar sobre novas possibilidades de ganhar dinheiro (em seus devaneios chegou a considerar a ideia estapafúrdia de entrar para o tráfico de drogas, de órgãos ou até de escravas brancas), Otávio teve um *insight* ao ver um programa sobre mentes inovadoras no Discovery Channel. É isso, puxa. Puta sacada! Trabalharia por conta, abriria uma consultoria de recursos humanos, mas não uma consultoria comum. Ele indicaria qual a profissão que a pessoa seguiria. Uma profissão que não existisse até aquele momento. É isso, seu novo trabalho seria inventar profissões. Genial. "Genial!" Ele repetia, batendo palmas.

O mundo dá voltas e as pessoas mudam. Sentindo-se agora motivado e confiante, Otávio alugou uma sala comercial em um edifício descolado da cidade, mandou fazer uma placa dourada para colocar na porta e anunciou no jornal e no Facebook: *Cansado do trabalho? Sem perspectivas na carreira? Inove. Consulte Otávio Filiputi, o inventor de profissões.*

Três dias se passaram e nada do telefone tocar. Para passar o tempo, no primeiro dia, Otávio entrou em sites pornôs, jogou pôquer online, baixou músicas da MPB, visitou lojas virtuais de futilidades domésticas e contou todos os azulejos do banheiro uma vez a cada trinta minutos, estava com diarreia. No segundo dia, ele entrou em sites pornôs, cantou músicas esquecidas da infância e montou um quebra-cabeça de duas mil peças. No banheiro, ele não foi. Tinha tomado remédio e acabou ficando com o intestino preso. No terceiro dia, ele desmontou o quebra-cabeça, jogou peça por peça no lixo e fez xixi de cabeça baixa para não olhar os azulejos. Entrou em sites evangélicos, cantarolou canções de louvor e acendeu velas e incensos.

Veio o quarto dia e eis que o telefone finalmente tocou. Eram duas da tarde. *A fé tem poder.* Pensou.

– Alô? – uma voz ansiosa disparou a falar. – Eu queria marcar uma consulta para o meu filho. O Tiago tem dezoito anos. Não quer saber de trabalhar, só quer saber de bagunça. Não tem interesse em nada, exatas, humanas ou biológicas. Vive dizendo que no mundo não existe profissão boa o suficiente para ele. Viu só? Ele não quer trabalhar em nenhuma profissão que já existe. Então, só mesmo inventando uma para ele, não é? O senhor pode ajudar, não pode?

Otávio disse que sim, claro. Passou o valor da consulta e solicitou expressamente que o garoto viesse sozinho, para ele ficar mais à vontade e a conversa ser mais produtiva. Depois de relutar bastante, porque era superprotetora e mãe presente, Dona Joyce concordou. Esse era o nome dela.

Às 17h30 o adolescente chegou, mascando chiclete, de modo insolente. Estava atrasado quase uma hora. Entrou na sala e sem desviar os olhos do celular em que digitava freneticamente para mandar mensagens, perguntou com uma ironia no canto da boca:

– Você é quem vai definir meu futuro?

Otávio respondeu, calmo:

– Quem define seu futuro, é você, meu caro.

Tiago deu de ombros.

Otávio disse que precisava fazer algumas perguntas, para traçar o seu perfil e poder inventar uma profissão adequada para ele.

– E se eu não gostar?

– Você vai gostar – respondeu o inventor de profissões, de forma incisiva e definitiva.

Então passou a fazer um extenso interrogatório, que incluía perguntas do tipo: Qual é o seu signo? Que número você calça? Prato preferido? Gosta de comédia? Já transou? Com quem? Como foi sua primeira relação sexual? E a última? Pessoa que admira. Tem animais de estimação? Onde você quer estar daqui a cinco anos? Se você fosse para uma ilha deserta levaria...

Ao cabo de trinta e oito minutos e após fazer algumas anotações em um caderno roxo, juntando lé com cré e separando o joio do trigo, Otávio deu o veredito:

– Tiago, já sei. De acordo com o seu *profile* (essa era uma das poucas palavras em inglês que sabia), eu invento a seguinte profissão para você: Humorista de Cães.

– Você está falando sério?

Otávio reclinou-se na cadeira, fez sua melhor cara de inteligente e respondeu:

– Claro, o mercado de *pet* está em franco crescimento, é extremamente promissor. Tem até massagista de cães, sabia? Por que então não ter um profissional para divertir os cachorros, fazendo palhaçadas, piadas, *stand ups*? Aposto que muitas madames pagariam um bom dinheiro para ver os seus cães rindo, balançando o rabo, mais felizes. Aptidão para isso você tem, gosta de animais e de farra, não é? É unir o útil ao agradável.

Tiago coçou a cabeça, levantou-se, botou o celular no bolso e disse:

– Cara, você é maluco, mas é engraçado. Acho que nunca ouvi tanta baboseira, e olha que eu assisto umas coisas sinistras, mas sei lá, pode ser que dê certo – e saiu rindo. – Eu, humorista de cães... Hahaha.

Esse foi o primeiro de muitos clientes, muitos, pois à medida que o tempo passava, a fama de Otávio se espalhava.

– Graças a ele, meu filho finalmente se encontrou e agora está fazendo shows de humor para cães. Os teatros vivem lotados. Uma maravilha!

– É um grande inventor mesmo, inventa umas profissões incríveis. Tipo degustador de churrasco gourmet, manja?

– Vale a pena consultar com ele, viu, até por uma questão de autoconhecimento. Para inventar uma profissão, ele faz umas perguntas boas, pertinentes, que fazem a gente pensar... É como uma terapia. Só que melhor.

E tudo estava indo de vento em popa. Pela primeira vez na vida, Otávio sentiu que nada poderia detê-lo. Profissionalmente falando, pelo menos. Estava tão excitado e confiante que teve a impressão de uma leve ereção. Passou a mão por cima da braguilha para conferir orgulhoso. Fechou o escritório, pegou o elevador, dirigiu-se para o estacionamento do prédio, enquanto assobiava o tema da vitória composto especialmente para Ayrton Senna do Brasil. Quando inseriu a chave na porta do seu carro para abri-la, foi abordado por um rapaz enorme, ruivo, rosto marcado de espinhas, quase dois metros de altura, empunhando uma pistola automática.

– Quietinho aí, isso é um assalto. Percebeu, não é, mano?

Otávio assustou-se, mas depois sorriu de leve. Nada poderia estragar seu futuro, ele poderia perder algum dinheiro agora, mas depois recuperaria centavo por centavo. Afinal, ele tinha uma profissão de sucesso.

Respirou fundo, para manter a calma.

– Tudo bem, tudo bem. Pode levar tudo, o carro, minha carteira, meus cartões de crédito... Sem problema – falou com serenidade.

O ruivo olhou fundo nos olhos dele e deu um passo à frente.

– E quem disse que eu quero isso, mano? Não sou um assaltante qualquer não. Eu sou diferente, tenho a mente inovadora. Não roubo bens materiais.

Deu mais dois passos na direção de Otávio e, face a face, descontando a diferença de altura entre eles, revelou:

– Eu sou um ladrão sim, mas um ladrão de profissões.

Empunhando a arma com mais força e estalando a língua no céu da boca, de modo a saborear lentamente cada sílaba que proferia, repetiu, dando ênfase ao final da frase:

– E eu estou aqui para roubar a sua profissão. A sua profissão.

FONTE: Sabon MT
PAPEL: Pólen Soft 70g/m²
IMPRESSÃO: Vida & Consciência
#Talentos da Literatura Brasileira
nas redes sociais

novo século®
www.novoseculo.com.br